十二國記 月之影 影之海 下

小野不由美 Ono Fuyumi

繪者◆山田章博 Yamada Akihiro

譯者◆王蘊潔

十二國記

月之影・影之海（下）

目錄

《十二國圖》

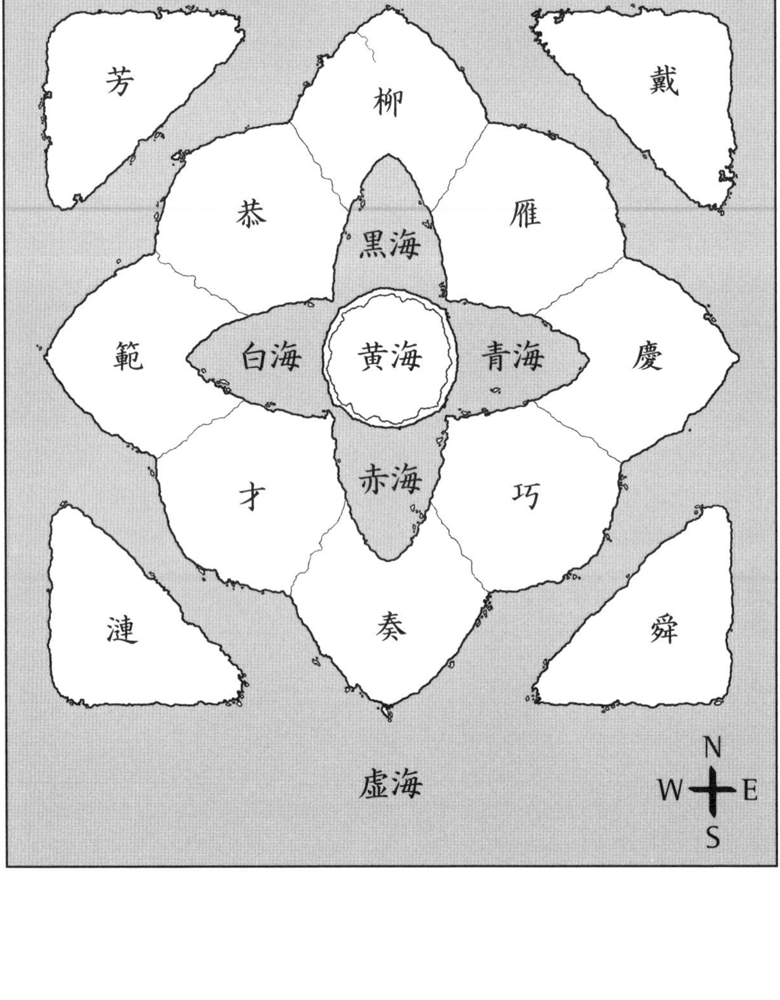

芳
柳
戴
恭
雁
黑海
範
白海
黃海
青海
慶
才
赤海
巧
漣
奏
舜
虛海
N
W
E
S

《巧國北方圖》

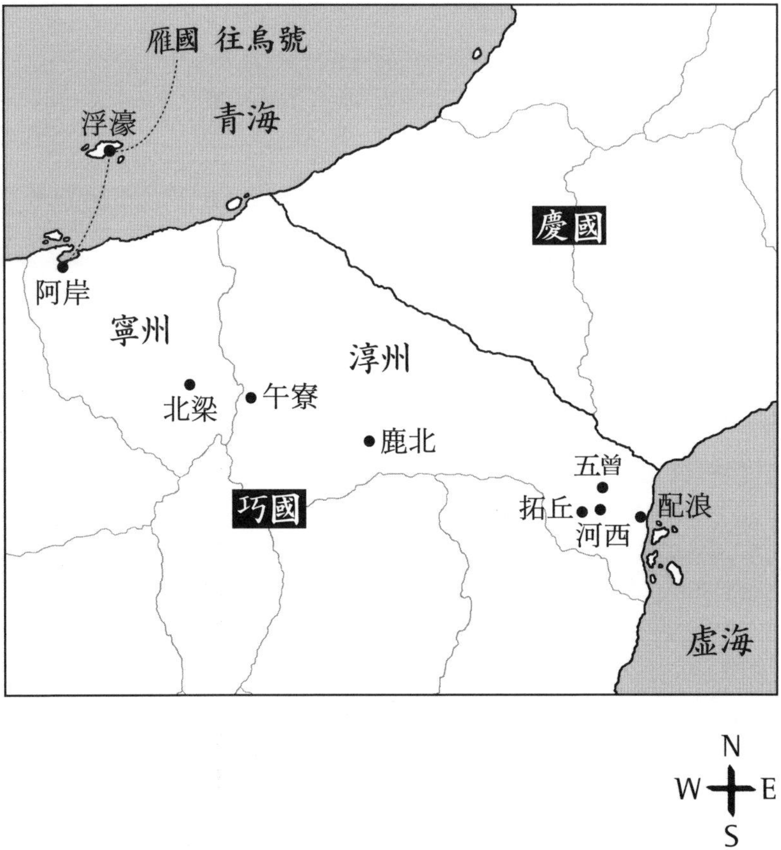

第五章

1

雨水宛如細絲，不停地從空中飄落。

陽子無法動彈，也無法痛哭，呆呆地把臉頰浸在水窪中，身後突然傳來窸窸窣窣的聲音，似乎有什麼東西撥開草叢，慢慢靠近。她知道該找個地方躲起來，但她甚至連抬頭的力氣也沒有。

是村民？怪獸？還是妖魔？即使有再多可能性，也無法改變結果。無論是被抓還是遭到攻擊，或是繼續倒在這裡，結局都一樣。

她抬起模糊的雙眼，看向聲音傳來的方向，發現那裡既沒有村民，也沒有追兵，來者不是人，而是一隻奇妙的怪獸。

怪獸的外形像老鼠。用兩條後肢站立，鬍鬚抖動的樣子真的很像老鼠。只不過那隻老鼠站立時，身高和小孩子差不多。雖然看起來不像是普通的野獸，但也不像是妖魔，陽子茫然地看著這隻奇妙的老鼠。

老鼠站在雨中，把一片綠色的大葉子像斗笠一樣頂在頭上，白色的雨點打在晶瑩透明的綠葉上，水滴看起來很美。

老鼠目瞪口呆地看著陽子，並沒有特別警戒。牠看起來比普通的老鼠稍微胖一點，身上灰棕色的毛很蓬鬆，摸起來應該很舒服，毛上沾到的水滴像是某種裝飾。牠尾巴上也有毛，所以雖然很像老鼠，但應該和老鼠屬於不同的動物。

老鼠吹動著鬍鬚，踩著歡快的腳步，走向陽子身邊。牠彎下灰棕色的身體，用短小的前肢碰了碰陽子的肩膀。

「你還好嗎？」

陽子拚命眨眼。雖然聽起來像小孩子說話的聲音，但開口說話的絕對就是眼前這隻老鼠。牠臉上露出納悶的表情，還微微偏著頭。

「你怎麼了？不能動了嗎？」

陽子目不轉睛地看著老鼠的臉，然後輕輕點了點頭。因為老鼠不是人，她稍微放鬆了警戒。

「來吧。」老鼠伸出短小的、真的和小孩子差不多的前肢。「加把勁，我家就在前面。」

「喔。」陽子嘆了一口氣，但就連她自己也不知道是對得救鬆了一口氣，還是內心對此感到失望。

「嗯？」

她想伸手抓住老鼠伸向她的手，但只有指尖稍微挪動了一下。老鼠伸出手，短小溫暖的前肢握住了陽子冰冷的手。

老鼠的手出乎意料地有力，陽子在牠的攙扶下走進一棟小房子，之後的事完全都不記得了。

她隱約知道自己多次醒來，看到了一些什麼，但因為其他無法看到的景象太模糊，所以無法明確地回想起來。

重複多次深眠和淺眠後終於醒來時，陽子發現自己躺在一棟簡陋房子內的睡床上。

陽子茫然地看著天花板，然後慌忙坐起身，跳下睡床，當場癱坐在地上。她的雙腿完全不聽使喚。

狹小的房間內沒有其他人。頭昏眼花的她確認這件事後，用盡全身力氣在地上爬行，檢查了睡床的周圍。房間內幾乎沒有像樣的家具，只有枕邊有一個用木板釘起來的架子，上面放著折起的布、一把劍和用新繩子串起來的碧色玉珠。

陽子鬆了一口氣。她費力地站起來後，把玉珠掛在脖子上，拿起劍和布，回到了睡床，用布包起劍後放進被子，這下子終於放下了心。

她這時才終於發現自己換了睡衣。

身上的傷口全都擦了藥。當她躺下後，發現肩膀下溼溼的，拿起來一看，是一塊沾了水的布。可能是剛才起身時不小心掉下來的。她把溼布放在額頭上，感覺很舒服。她拉起用厚布做的被子，握著玉珠，閉上了眼睛。她深深地吐了一口氣。一旦獲救，才發現自己多麼珍惜這條微不足道的生命。

「妳醒了嗎？」

陽子跳了起來，回頭看向聲音的方向，發現那隻灰棕色的大老鼠站在那裡。牠打開房門走了進來，一隻手拿著托盤，另一隻手拿著小水桶。

陽子立刻警戒。這隻老鼠雖然看起來像怪獸，卻和人類過著相同的生活，也可以像人類一樣說話，所以千萬不能大意。

被陽子凝視的老鼠似乎沒有察覺自己被人監視著行動，邁著輕快的步伐走了進來。牠把托盤放在桌上，又把小水桶放在床腳邊。

「燒退了嗎？」

牠伸出短小的前肢，陽子立刻縮著身體躲開了。老鼠抖了抖鬍鬚，撿起掉在睡床上那塊沾溼的布。牠應該有看到陽子緊緊抱在胸前的布包，但什麼都沒說，把布丟進小水桶後，看著陽子的臉問：

「有沒有哪裡不舒服？吃得下東西嗎？」

陽子搖著頭。老鼠抖了抖鬍鬚，拿起桌上的茶杯。

「這是藥，妳現在喝得下去嗎？」

陽子再度搖了搖頭。千萬不能大意，不然會讓自己的生命暴露在危險之中。老鼠再度偏著頭，把茶杯端到自己嘴邊，當著陽子的面喝了一小口。

「這只是藥。雖然有點苦，但不至於喝不下去。嗯？」

牠把茶杯遞了過來，陽子仍然沒有伸手去接。老鼠傷神地抓了抓耳朵下方的毛。

「——那好吧？什麼東西能夠吃得下？如果不吃不喝，身體會撐不下去。喝茶嗎？還是羊奶？或者想吃粥？」

陽子不發一語，老鼠不知所措地嘆了一口氣。

「妳整整睡了三天，如果俺想害妳，早就動手了，而且——」

老鼠用鼻尖指著陽子抱在胸前的布包。

「也會把妳的劍藏起來。所以，聽俺這麼說了之後，妳是不是願意稍微相信俺？」

在牠那雙烏黑的眼睛注視下，陽子終於鬆開了懷裡的劍，放在腿上。

「嗯。」

老鼠發出心滿意足的聲音，向陽子伸出了手。陽子沒有閃躲。牠的小手摸了陽子的額頭後，立刻把手收了回去。

「還有點發燒，但基本上已經退燒了。妳就放心睡吧，還是想要點什麼？」

陽子猶豫了一下說：

「……水。」

老鼠的小耳朵動了幾下。

「水嗎——太好了，原來妳會說話。俺馬上拿開水給妳。如果妳不躺下，記得把被子披在身上。」

看到陽子點頭後，老鼠匆匆走出房間，長滿短毛的尾巴搖擺著，似乎有助於保持身體的平衡。

老鼠拿著茶壺、茶杯和一個小碗走了進來。

稍微有點熱的開水很甘甜，她請老鼠幫她倒了好幾杯，然後探頭看向碗中，頓時聞到一股酒味。

「……這是什麼？」

「用酒漬桃肉加砂糖一起煮，這個應該吃得下吧？」

陽子點了點頭，然後看著老鼠說：

「……謝謝。」

老鼠用力抖了抖鬍鬚，臉頰上的毛鼓了起來，牠瞇起眼睛，露出笑容。

「俺叫樂俊，妳呢？」

陽子遲疑了一下，然後只說了名字。

「我叫陽子。」

「陽子？要怎麼寫？」

「陽光的陽，孩子的子。」

「孩子的子？」

樂俊納悶地偏著頭，「咦」了一聲。

「好奇怪的名字，妳是從哪裡來的？」

陽子覺得不回答似乎不妥，猶豫了很久後回答說：

「慶國。」

「慶國？慶國的哪裡？」

陽子對慶國一無所知，只好隨便回答說：

「配浪。」

「那是哪裡？」

樂俊露出困惑的表情看著陽子，然後抓了抓耳朵下方說：

「算了，這不重要。妳先睡吧，可以吃藥嗎？」

陽子點了點頭。

「樂俊兩個字怎麼寫？」

樂俊又笑了笑說：

「苦樂的樂，俊敏的俊。」

2

陽子在狹小的房間內睡了一整天後，猜測只有樂俊一個人住在這裡。

「只要有尾巴就沒問題嗎？」

深夜，蒼猿的腦袋出現在床腳。

「反正早晚會遭到背叛，不是嗎？」

房間內有兩張睡床，但樂俊並沒有睡在這裡。雖然臥室只有這一間，但陽子不知道樂俊睡在哪裡，也不知道牠怎麼睡。

「趁早離開比較好吧?否則牠心一狠,就會要妳的性命。」

陽子沒有回答。蒼猿見她不作聲,一直重複相同的話。

這是自己內心的不安。蒼猿見她不作聲,一直重複相同的話。這隻猴子每次出現,都是來說出自己內心的不安,為了吞食在內心漸漸膨脹的不安——一定是這麼一回事。

蒼猿從被子上滑到陽子面前,探著小腦袋看著躺在床上的陽子的臉。

「在可怕的情況發生之前,要先下手為強,否則,妳根本沒有活路,妳心裡應該很清楚吧?」

陽子翻了身,仰望著天花板。

「……我並沒有相信樂俊。」

「啊?」

「眼前的狀態,我根本動不了,所以只是迫於無奈。至少要等到可以握劍之後才能離開,否則離開這裡,也是淪為妖怪的食物。」

右手的傷勢很嚴重,即使把玉珠放在傷口一整天,握力仍然沒有恢復。

「牠搞不好已經發現妳是海客了。妳還可以繼續躺在這裡嗎?搞不好牠隨時會帶公所的人來抓妳。」

「那就只能靠這把劍了,即使有四、五個官兵上門,也絕對可以擊退他們。在此之前，就先利用牠一下。」

——這裡沒有陽子的朋友。

但是，她現在需要他人的幫助，至少在她恢復握劍的力氣之前，必須確保安全的睡床、食物和藥物。

雖然目前還不知道樂俊是不是敵人，但至少這隻老鼠提供了陽子所需的物品，在確定牠是敵人之前，不妨妥善利用眼前的狀態。

「飯裡面沒有放毒嗎？藥真的是藥嗎？」

「我很小心。」

「妳無法斷言牠不會暗算妳吧？」

蒼猿道出了陽子內心的不安，她覺得回答蒼猿的問題，有點像是在說服自己。

「如果牠積極想要對我做什麼，在我失去意識的時候隨時可以動手。不需要等到現在才下毒，牠有太多機會可以取我性命。」

「搞不好在等什麼呢？比方說在等援軍。」

「那我更要在此之前養精蓄銳。」

「搞不好牠想先博取妳的信任，然後再背叛妳。」

「果真是這樣的話，在我看清牠的意圖之前，先假裝信任牠。」

猴子突然嘎嘎嘎地笑了起來。

「妳越來越處驚不變了嘛。」

「……因為我領悟了。」

她領悟到自己在這個世界沒有朋友，無處可去，也無家可歸，更領悟到自己多麼孤獨。

即使如此，她還是必須活下去。正因為沒有朋友，也沒有自己的立足之處，所以才更珍惜自己的生命。既然整個世界都希望她死，她偏要堅強地活下去；如果原本生活的世界並不希望陽子歸去，她更要活著回去。

她不想放棄，無論如何都無法放棄。

一定要活下去，要找到景麒，一定要回家。無論景麒是友是敵都沒有關係，如果是敵人，即使威脅他，也要回去原來的世界。

「回去幹什麼？」

「等回去之後再來考慮。」

「一了百了不是比較輕鬆嗎？」

「既然所有人都覺得我死不足惜，至少我要好好珍惜自己的生命。」

「——那隻老鼠會背叛妳。」

陽子轉頭看著猴子。

「我並不相信樂俊，所以談不上背叛。」

陽子應該更早想通這件事。她是海客，所以別人想要把她抓去公所。海客根本沒有朋友，在這個世界完全沒有立足之地。只要瞭解這件事，就不會輕易上達姊和松山的當，更不會傻傻地相信別人，進而遭到背叛，反而可以假裝相信對方，思考如何利用對方，讓自己活下去。

利用一切可利用的人、事、物，這到底有什麼錯？達姊和松山都想利用陽子賺錢，既然這樣，陽子利用樂俊活下去，又何嘗不可呢？

「我看妳可以成為出色的壞蛋，嗯？」

「這樣或許也不壞。」

陽子嘀咕完，揮了揮手。

「我好想睡，你走吧。」

猴子露出奇妙的表情，好像吞下了什麼苦澀的東西，然後轉頭離開，突然沉入被子下消失了。

陽子見狀，輕輕笑了笑。

蒼猿說出了陽子內心的不安，甚至是連她都沒有察覺到的不安，所以有助於她整理自己的心情——可以妥善利用。

「我的確有當壞蛋的資質……」

她自嘲地笑了笑。

無論如何都要避免再度遭人利用，她不會再讓任何人傷害自己，一定要保護自己。

「所以，這麼做是對的。」

在山路上遇見那對母女，那對母女沒有背叛陽子，是因為陽子沒有給她們背叛的機會。

——同樣的，她也不會讓樂俊有任何可乘之機。

這樣就可以活下去。

陽子為什麼會來到這個世界？為什麼景麒會叫陽子主人？敵人到底是指誰？敵人到底有什麼目的？為什麼要攻擊陽子？那個女人——和景麒同樣有一頭金髮的女人是誰，為什麼要攻擊陽子？

——妖魔不會攻擊某個特定的人。

既然這樣，陽子為什麼會遭到攻擊？那個女人抱著黑狗的屍體，似乎在哀悼牠們的死，所以，那隻黑狗是女人的同夥嗎？就好像景麒身邊有很多妖魔一樣，那個女人周圍也有妖魔，女人要求她身邊的妖魔攻擊陽子嗎？但是，那個女人似乎也是聽從他人的命令攻擊陽子，到底是誰下達的命令？景麒也是奉他人之命來找陽子嗎？

她毫無頭緒，但不能繼續搞不清楚狀況，所以，一定要找人問清楚。

她不知不覺地握緊拳頭，長長的指甲刺進了手掌。

陽子舉起手，端詳著自己的指尖。

折斷的指甲看起來很銳利，宛如魔鬼的爪子。

——只有妖魔或神仙才能渡過虛海。

陽子既非神，也不是仙人。

——所以是妖魔？

她曾經在虛海的海岸夢見自己變成紅色怪獸，那真的只是夢境而已嗎？

來這裡之前，陽子曾經有很長一段時間都夢見自己被妖魔攻擊，而且，那些夢境變成了現實——既然這樣。

能夠斷定變成野獸的夢不是預知夢嗎？

如果變成紅色的頭髮，和變成碧色的眼睛，都是轉化成怪獸的過程呢？如果陽子並不是人類，而是妖魔呢？

這件事極其可怕，但也極其快樂。

咆哮、嘶吼、揮劍、威嚇他人，這些行為中潛藏著奇妙的興奮感。陽子在她從小長大的世界中，從來沒有大聲說過話，也從來沒有用力瞪過別人，甚至覺得這麼做是一種罪惡，但會不會其實內心知道得很清楚？

也許陽子在無意識中知道自己是妖魔，是凶猛的怪獸，知道在那個世界無法生存，所以才偽裝成無害的人類？

也許正因為如此，所以大家都說她「難以捉摸」。

——她想著這些事，進入了夢鄉。

3

樂俊家是田園地帶常見的簡陋小房子，這裡的房子都很簡陋，即使如此，這棟房子仍然算很破舊。

農田旁通常都是幾棟房子聚在一起，只有這棟房子獨立興建，位在山坡上的這棟房子附近不見其他的房子。

原本以為老鼠的家必定很小，但這棟房子規模雖小，尺寸卻和普通的房子無異。

不光是建築物，從家具到日用品，都完全是人類使用的尺寸，令陽子感到不解。

「樂俊，你的父母呢？」

陽子終於可以下床後，在爐灶旁協助樂俊，把水倒進大鐵鍋內時問道。托著水桶的右手仍然綁著繃帶，但傷口幾乎都癒合了。

把柴木丟進爐灶的樂俊抬頭看著陽子。

「俺沒爹，娘出門了。」

「旅行嗎？這麼久都沒回來，去很遠的地方嗎？」

「不，去附近的里工作，原本應該前天回來，但既然沒回家，應該是僱主不放人吧。」

也許牠母親很快就回來了。陽子把這件事記在心裡。

「你媽媽做什麼工作？」

「冬天的時候是幫傭，平時是佃農。夏天的時候，只要有人僱用，就會去打雜。」

「是喔……」

「陽子，妳要去某個地方嗎？」

聽到樂俊的問題，陽子想了一下。自己並沒有明確的目的地，但也不能對牠說，自己只是在漫無目的地的亂走。

「……你認識名叫景麒的人嗎？」

樂俊拍了拍身上的木屑。

「妳在找人嗎？他是這一帶的人？」

「我不知道他是哪裡人。」

「真可惜，俺不認識叫景麒的人。」

「是喔——還有其他需要幫忙的嗎？」

「沒有，妳大病初癒，坐下來休息吧。」

陽子聽從了牠的建議，懶洋洋地坐在椅子上。

這間廚房兼飯廳很小，放在泥土地上的桌子也很老舊，只要一碰，就會發出吱吱咯咯的聲音。

陽子把用布包起的劍放在旁邊的椅子上，樂俊看到陽子劍不離身，並沒有多說什麼，也不知道牠心裡是怎麼想的。

「陽子。」樂俊一身富有光澤的毛皮背對著陽子，用像小孩子般的聲音問道：「妳為什麼穿男人的衣服？」

牠曾經為陽子換了睡衣，所以知道她的性別。

「……因為一個人旅行很危險。」

「是嗎？也對。」

說完，牠拿來一個陶壺，裡面似乎在熬煮什麼，狹小的房間內頓時飄著芳香。樂俊拿了兩個杯子放在桌上後，抬頭看著陽子問：

「為什麼那把劍沒有劍鞘？」

「……劍鞘不見了。」

陽子在回答樂俊時，才想起遺失劍鞘這件事。她渡過虛海時，那個女人曾經叮嚀她，千萬不能讓劍和劍鞘分離，但至今為止，並沒有因為遺失劍鞘而帶來什麼災難，看來的確是指玉珠不能遺失的意思。

樂俊「喔」了一聲，爬上了椅子。牠的動作很像小孩。

「那要找個地方配劍鞘，不然會弄壞這把好劍。」

「……嗯，是啊。」

陽子懶洋洋地回答，樂俊抬起一雙黑眼睛看著她，微微偏著頭。

「妳之前說是從配浪來的？」

「……對。」

「那不是慶國，而是槙縣東方的村莊嗎？」

陽子記得好像是這樣，不發一語地點了點頭。

「聽說那一帶發生了很大的蝕。」

陽子還是沒有吭氣。

「聽說有海客被沖上岸，後來逃走了。」

陽子瞪著樂俊，下意識地伸手抓住了劍。

「你在說什麼？」

「聽說是一個十六、七歲的女人，一頭紅色頭髮，身上帶著劍，那把劍沒有劍鞘，必須提高警惕……妳是不是染過頭髮？」

陽子握著劍柄，注視著樂俊，但無法分辨牠臉上的表情。牠臉上的表情原本就不像人類這麼豐富。

「俺接到了公所的通知。」

「……所以呢？」

「妳不要露出這麼可怕的表情嘛，如果俺要把妳交出去，公所的人來的時候就這麼做了，還可以領一大筆賞金。」

陽子解開布，站起身的同時，拿起了劍。

「你有什麼目的？」

老鼠一雙黑色眼睛看著陽子，抖了抖蠶絲般的鬍鬚。

「妳真性急。」

「你藏匿我到底有什麼目的？」

老鼠悠然地抓了抓耳朵下方。

「妳問俺有什麼目的，俺也說不清楚。看到有人倒在路上，總不能視而不見，所以就帶回來照顧，既然都已經帶回來照顧了，當然不願意把她交給公所。」

陽子不會輕易相信牠說的話。因為她知道，輕易相信別人，必定會後悔。

「海客都會被送去公所，送去公所之後，好則軟禁，壞則砍頭。妳恐怕會是後者。」

「你為什麼這麼認為？」

「妳不是用了一些奇怪的招術嗎？在護送妳去公所時遭到妖魔襲擊，所以才順利逃走。」

「那並不是我找來的。」

「俺知道。」

老鼠很乾脆地點頭。

「妖魔不會輕易聽從人類的指揮，不是妳把牠們找來，牠們是來攻擊妳的，對嗎？」

「……我不知道。」

「即使這樣，妳還是壞海客，因為連妖魔都要攻擊妳。」

「……所以呢？」

「一旦被送去公所，十之八九會沒命。妳當然想要逃，但妳知道該逃去哪裡嗎？」

陽子無法回答。

「妳不知道吧？所以才會在這種地方打轉——妳去雁國吧。」

陽子目不轉睛地看著樂俊的臉。老鼠的臉上沒有任何表情，至少陽子無法解讀到任何表情。

「……為什麼？」

「因為俺不能坐視有人被殺。」

樂俊說完，笑了起來。

「俺當然不是那種濫好人，會同情那些該被判死刑的壞蛋，但是，只因為是海客就被殺，這俺看不下去。」

「我不是壞海客嗎？」

「俺只是說，公所的人這麼覺得。海客根本沒有好壞之分，他們只是因為很少接觸，所以覺得很可怕吧。」

「他們說，壞海客會毀滅國家。」
「那是迷信。」
樂俊乾脆的口吻反而引起了陽子的警戒。這個國家還有另外一個人也說過相同的話，只是那個人是女人。
「所以呢？只要我去雁國，就可以得救嗎？」
「可以啊。雁國的君王並不討厭海客，所以，俺覺得妳應該去雁國——先把那個可怕的東西收起來吧。」
陽子猶豫了很久，終於放下了劍。
「坐下吧，茶都涼了。」
這時，陽子才終於坐在椅子上。她搞不懂樂俊的意圖。既然自己是海客的身分已經曝光，此地就不宜久留，但她想多瞭解有關雁國的情況。
「妳知道這一帶的地理情況嗎？」
陽子搖了搖頭。樂俊點頭後，抱著茶杯走下椅子，來到握著劍的陽子腳邊，蹲在泥土地上。
「這裡是淳州安縣，一個名叫鹿北的地方。」
樂俊在泥土上畫了一張簡單的地圖。

「這裡是虛海，這裡是槙縣，配浪應該在這一帶，所以，妳是一路向西，也就是一路走向巧國的中央。如果妳要逃，必須逃離巧國，但妳根本搞錯了方向。」

陽子帶著複雜的心情看著地圖。可以相信牠的話嗎？這張地圖會不會有詐？她在懷疑的同時，仍然忍不住看著地圖出了神。這是她目前最想要瞭解的資訊。

「西鄰是寧州，沿著幹道一直走，就是北梁縣，繼續沿著幹道往西北方向走，就來到阿岸，那是面向名叫青海的內海的港城。」

樂俊小巧的手指畫出了簡圖，牠寫得一手好字。

「阿岸有船可以渡過青海到對岸，對岸就是雁國。」

樂俊寫下「雁國」兩個字。

「所以，要先去北梁……」

但是，自己能夠順利搭船嗎？港口一定受到監視，這等於是自投羅網。

「不必擔心。」

樂俊似乎猜到了陽子內心的想法，笑了笑說。

「從槙縣離開巧國，一直往北走，越過高山，往慶國走是捷徑。公所的人也說，妳應該不可能跑來這一帶，所以幸好妳迷了路。雖然已經發布了通緝令，但通緝令上要找的是一個紅頭髮的年輕女人。只要妳收起這把引人注目的劍，身分應該不會曝光。」

「……是喔。」

陽子站了起來。

「謝謝你。」

樂俊一臉驚訝地抬頭看著陽子。

「喂，妳打算現在就走嗎？」

「我要趕路。不好意思，在這裡受你照顧多日。」

樂俊也站了起來。

「等一下，妳這個人真的太性急了。」

「但是……」

「妳去了雁國之後呢？走在路上逢人就問，認不認識景麒嗎？妳知道怎麼搭船嗎？知道怎麼向雁國尋求保護嗎？」

陽子移開了視線。原本以為只要有了目的地，就至少比之前更有希望，沒想到還有這麼多困難等待著自己。而且，這些僅僅是自己即將面對的困難的幾十分之一而已。

「凡事都需要做準備，妳不要著急。如果沒有充分的準備，之後就很容易遭遇挫折。」

陽子向樂俊鞠了一躬。雖然內心有點擔心這是陷阱，但眼前只能先仰賴牠的協助。

「那就先來吃飯吧，先要養好精神。即使再怎麼趕路，至少要一個多月才能到阿岸。」

陽子再度向牠一鞠躬。

至少在體力完全恢復之前繼續留在這裡，到時候應該就能明白樂俊的意圖，知道牠到底只是熱心腸的好人，還是有更深的陰謀。必須去雁國——去阿岸。既然樂俊已經知道自己的下一步，就必須搞清楚牠的真意。

4

「聽說是很大的蝕？」

吃完午餐後，樂俊在收拾碗筷時問。

「……聽配浪的長老是這麼說的。」

「聽說楨縣東方一帶今年的麥子全毀了，太可憐了。」
陽子低下頭，內心隱隱作痛。
「妳不必沮喪，這並不是妳的過錯。」
「我沒有沮喪。」
陽子正在把爐灶的炭灰扒出來，樂俊用牠長滿短毛的尾巴輕輕拍了拍她的手。
「並不是因為海客出現，才會發生蝕，而是發生了蝕，海客才會漂來這裡。」
陽子按照樂俊的吩咐，把灰丟進木箱，把沒燒完的木屑撿起後，放入另一個箱子。
「我可以問一個問題嗎？」
「什麼問題？」
「蝕是什麼？」
配浪的長老說，蝕就像是暴風雨，但陽子還是搞不清到底是怎麼回事。
「妳連蝕是什麼也不知道嗎？妳以前住的地方沒有蝕嗎？」
「有日蝕和月蝕。」
「很相似，雖然並不是太陽或是月亮被遮住。嗯，有點像暴風雨，暴風雨是擾亂空氣，但蝕是擾亂氣場。」

「會颱風下雨嗎？」

「有時候也會颱風下雨，雖然也有像暴風雨一樣大風狂吹的蝕，但這種蝕往往不會造成太大的傷害。嚴重的時候，有地震、雷鳴、河水倒灌，地面下沉，總之，各種天災都同時出現。之前配浪的瑤池整個池底都掀了起來，湖水倒灌，現在連湖的影子也看不到了。」

陽子正在洗除手上的炭灰，忍不住停下了手。

「這麼巨大的災害？」

「看情況啦，我們覺得蝕比暴風雨更可怕，因為發生蝕的時候，難以預料會發生什麼災害。」

「為什麼會這樣？」

樂俊一臉嚴肅的表情，倒茶的時候，好像在做什麼很重要的工作。

「聽說那裡和這裡產生交集時，就會發生蝕，原本毫無關係的兩個世界產生了交集，就會造成災害。俺也不是很清楚，總之就是這麼一回事。」

「那裡和這裡……」

樂俊泡的茶顏色很像綠茶，但味道完全不同，喝起來的口感有點像好喝的香草茶。

「那裡就是指虛海的另一端，這裡就是這裡，沒有特別的名字。」

陽子點著頭。

「虛海圍繞著陸地，虛海以外就什麼都沒有了。」

「什麼都沒有？」

「對，什麼都沒有。一直走，一直走，都是綿延不斷的虛海，沒有盡頭。至少大家都是這麼說的，曾經有好奇心強的人搭船想去一探究竟，但從來沒有人回來過。」

「所以，這裡的大地是平的嗎？」

樂俊爬上椅子，驚訝地看著陽子。

「如果地面不是平的，大家怎麼走路？」

牠驚訝地輕聲笑了笑。

「……這裡的世界是什麼形狀？」

樂俊拿起桌上的胡桃放在面前。

「崇山位在世界的正中央。」

「崇山？」

「就是崇高的山，有時候也稱為崇高，或是中岳、中山，周圍的東南西北各有一座山。雖然也稱為東岳或是東山，但通常將東西南北的四座山分別稱為蓬山、華山、霍山、恆山。東岳以前稱為泰山，北方國家戴國的君王將名字從代改為泰之後，為了避免對泰王的名字不敬，就改稱為蓬山。這五座山稱為五山。」

「是喔……」

「五山的周圍是黃海，雖說是海，但並不是有水的海，而是荒涼的岩石山、沙漠、沼澤地和樹海。」

陽子看著樂俊手指寫的文字。

「你沒有看過嗎？」

「俺怎麼可能看過？黃海的周圍有東西南北的四金剛山圍繞，金剛山的內側是人類無法居住的世界。」

「是喔……」

陽子覺得這裡的地形有點像以前在哪裡見過的古代地圖。

「四個內海圍繞在金剛山的四周，八個國家圍繞在四個內海外的八方，虛海圍繞在八個國家的外側，在接近陸地的地方有四大島，這四個國家和金剛山周圍的八個國家總共是十二個國家。」

陽子注視著被排成幾何形狀的胡桃，覺得看起來像一朵花。這些國家以五山為中心，像花瓣一樣盛開。

「沒有其他國家了嗎？」

「沒有，外面只有虛海，大海一直延伸到世界的盡頭。」

樂俊說到這裡，又小聲嘀咕說：

「但是，聽說虛海的遙遠東方，有一個神奇的島嶼。這只是傳說而已，聽說叫蓬萊國，也叫日本。」

樂俊邊說邊寫，寫的卻是「倭」這個字。

「是倭？還是日本？」

陽子分別寫下「倭」和「日本」，樂俊指了指「倭」那個字。

陽子輕輕咬著嘴唇，原來至今為止，冗祐都是用這種方式翻譯的。

「聽說海客都是從倭來的。」

這一次，陽子清楚地聽到了「倭」這個字。可能是因為陽子已經知道這個字眼的意思，所以不需要翻譯了。

「雖然我不知道是真是假，但聽海客說，的確有一個名叫倭的國家，雖然也有人搭船想要去找倭，但最終也沒有回來。」

如果日本真的在虛海的彼岸，只要把船一直向東行駛，就有可能回家，但是穿越月影來到這裡的陽子很清楚，用這種方法無法回到那個世界。

「另外，聽說金剛山的某處有一座名叫崑崙的山，那裡稱為中國，會有山客從中國來到這裡。」

樂俊說完，寫了一個「漢」字。

「山客？原來除了海客以外，還有其他人誤闖這裡嗎？」

「有啊。海客是漂到虛海的海岸，山客則是來到金剛山的山麓，這個國家的山客並不多，反正都會被追捕。」

「原來是這樣……」

「一般人無法去漢或倭，只有妖族、神仙才能去，但是，當蝕發生時，那裡的人也會漂來這裡，變成這裡的山客和海客。」

「喔……」

「聽說在漢和倭，房子都是用金銀美玉建造的，國家富裕昌盛，農民也過著像王侯般的生活。人都可以飛天，一天可以飛千里，即使是嬰兒，也具有可以打倒妖魔的神奇力量。聽說這裡的妖魔和神仙是喝了那裡深山的泉水，才會有那些神力。」

樂俊說完看著陽子，陽子苦笑著搖頭。

陽子不由得覺得樂俊說的一切太奇妙了。如果回到原本生活的世界，把這些事告訴別人，別人一定會以為是童話故事，沒想到這個世界也有童話。

想到這裡，陽子輕輕笑了笑。

陽子一直以為這個世界很異常，但到底是這個世界異常，還是她本身異常？

她終於知道答案，也終於恍然大悟，難怪海客會遭到追捕。

5

「……既然蝕和海客有密切關係，所以漂流到巧國的海客幾乎都難逃一死。」

陽子靜靜地思考著過去那些海客的命運片刻，才終於開口說道。

「是啊……陽子，妳以前是做什麼的？」

「學生。」

「是喔。」樂俊似乎深有感慨。「有些海客具有這裡所沒有的技術和知識，這種人可以在高官的保護下生活。」

原來如此。陽子發出自嘲的笑聲。陽子並不具備任何對這個世界有貢獻的知識。

「……妳知道回倭的方法嗎？」

陽子問，樂俊露出為難的表情。

「俺不知道……也許我不該這麼說。」牠遲疑了一下。「俺猜想應該沒有方法可以回去。」

「不可能。既然可以來這裡，就一定可以回去。」

樂俊聽了陽子的話，垂下鬍鬚，喉嚨發出「咻」的聲音。

「陽子，人無法渡過虛海。」

「但我不是過來了嗎？所以才會在這裡。」

「即使能來，也回不去。事實上，我從來沒有聽說過任何海客或是山客成功地回去。」

「這……不可能。」

她無論如何都無法接受「回不去」這句話。

「蝕呢？等到再發生蝕不就好了嗎？這樣的話，就可以回去了。」

陽子激動地問，樂俊失望地搖著頭。

「誰都不知道蝕會在什麼時候，在哪裡發生。不，雖然有時候知道，但人還是無法去那裡。」

不可能。陽子再度在心裡說道。如果無法回去，景麒應該會告訴自己。當初他什麼都沒說，從他的態度中，也完全不覺得再也無法回去。

「我在倭被蠱雕追趕，所以逃過來……」
「蠱雕？逃過來是指逃來這裡？」
「對，那個叫景麒的人帶我逃過來的。」
「就是妳要找的人嗎？」
「沒錯，景麒帶我來這裡。正確地說，他告訴我，蠱雕想要殺我，為了安全，必須來這裡。」
陽子說完，看著樂俊。
「既然這樣，當不再有危險的時候，不是就可以回去嗎？他還說，如果我無論如何都想回家，他會送我回去。」
「太荒唐了。」
「景麒帶著會飛的怪獸，那些怪獸和你一樣會說話。他說，如果直奔這裡的話，單程需要一天的時間。既然他說單程，就代表有回程這件事啊，至少不會在絕對不可能回去的時候用這個字眼……你不覺得嗎？」
陽子徵求樂俊的同意，但牠遲遲沒有開口。
「俺不是很清楚……但的確好像發生了嚴重的事。」
「……我剛才說的事這麼非比尋常嗎？」

「當然非比尋常啊，因為蠱雕這種妖魔的出現非同小可，有時候會把附近的里都一掃而空，而且妳說蠱雕特地去那個世界，攻擊某個特定的人，俺第一次聽說這種事——所以，那個叫景麒的人就這樣把妳帶來這裡嗎？」

「嗯。」

「俺之前曾經聽說，像是妖族，甚至是神仙也只能自己自由地來來去去，不管景麒是何方神聖，他居然可以把妳帶來這裡……俺從來沒有聽說過這種事。俺搞不懂到底發生了什麼事，只知道這很不尋常。」

樂俊似乎陷入了苦思，一雙烏黑的眼睛看向陽子。

「所以，妳現在想怎麼樣？想要保命，還是想回家？」

「……我想回家。」

聽到陽子的回答，樂俊點了點頭。

「俺想也是，只不過俺不知道讓妳回家的方法，所以無論如何都要去雁國。」

「嗯，去了雁國之後呢？」

「俺不覺得公所的人或州侯有辦法處理這件事，去了雁國之後，可能要借助延王的力量。」

陽子呆滯地看著樂俊寫的字。

「延王……是君王？」

樂俊點了點頭。

「雁國的每一代君王都叫延。」

「但是，君王願意幫助我嗎？」

「不知道。」

那不是白費工夫嗎？陽子差一點這麼說，但好不容易忍住了。

「雖然不知道，但總比一直留在巧國好，而且比向巧國的君王求助更多了一份希望。因為延王是胎果。」

「胎果？」

「胎、果，是在那個世界出生的人，偶爾會發生這種事，明明是這裡的人，卻因為陰錯陽差，在那裡出生了。」

陽子張大了眼睛。

「有這種事？」

「對，真的只是偶爾才會發生，只是不清楚是在那裡出生這件事純屬偶然，還是回到這裡這件事是偶然。」

「……是喔。」

「這裡有三個有名的胎果。雁國的延王、延宰輔和戴國的泰宰輔。」

「宰輔？」

「就是輔佐君王的宰相。聽說泰宰輔已經去世了，泰王下落不明，國家紛亂，根本無法去那裡，所以還是去雁國比較好。」

陽子有點傻住了。一方面是因為一下子接收了太多資訊，也可能是突然知道了未來該怎麼做。

去找君王不是就等於去找首相或總統嗎？真的有可能嗎？她在這麼想的同時，又覺得有點困惑，原來自己被捲入了這麼非比尋常的事。正當她陷入沉思時，門外傳來了腳步聲。

6

家門從外側拉開後，一個中年女人站在那裡。

「樂俊。」

老鼠聽到聲音抬起了頭。

「娘。」
樂俊的鬍鬚發出窸窸窣窣的聲音。
「俺撿到一個奇妙的客人。」
陽子一臉錯愕。因為走進來的女人是如假包換的人類，她似乎也嚇了一跳，看了看樂俊，又看了看陽子。
「客人？這個年輕女生怎麼了？」
「在樹林裡撿到的，上次槙縣發生蝕時，她漂流到這裡來了。」
「哎唷。」女人嘀咕了一聲，臉上掠過一絲緊張，然後看著樂俊的臉。
陽子緊張起來。這個女人已經聽說有海客從槙縣逃走的事嗎？果真如此的話，她會像樂俊一樣，繼續藏匿陽子嗎？
「……那一定受了不少苦。」
陽子屏住呼吸看著他們母子，那個女人對她笑了笑，然後回頭對樂俊說：
「既然這樣，你應該叫我回來啊。你會照顧女生嗎？」
「俺照顧得很好啊。」
「是嗎？」
女人笑了，用含笑的眼神看著陽子。

「……對不起，因為我有事出門，不知道樂俊有沒有好好照顧妳？」
「喔……有啊。」
陽子點了點頭。
「我發高燒，動彈不得，是牠救了我，謝謝。」
「是喔。」女人瞪大了眼睛，快步走到陽子面前。
「現在下床沒問題嗎？」
「對，牠照顧得無微不至。」
陽子在回答的同時，警戒地觀察著女人的表情。
樂俊是怪獸，所以問題還不大，但她無法相信女人，因為她不敢相信人類。
「既然這樣，你更應該叫我回來，真不夠細心。」
被女人這麼一說，樂俊不滿地抬起鼻子。
「俺有好好照顧她，而且她身體也好多了。」
女人探頭看著陽子的臉。
「那太好了……現在下床也不會不舒服嗎？是不是該多休息？」
「現在已經好了。」
「對嘛。啊，妳穿的這麼單薄——樂俊，你去拿衣服過來。」

樂俊慌忙衝進隔壁房間。

「茶也都涼了，妳等一下，我再去泡新的茶。」

女人從內側鎖好門，快步從後門走去水井旁。陽子目送她的身影離開後，悄聲問抱著薄上衣走回來的樂俊：

「你媽媽？」

「對啊，俺沒爹，爹很早就死了。」

樂俊的父親是人類嗎？還是老鼠？

「是你的親生母親？」

陽子戰戰兢兢地問，樂俊一臉納悶。

「當然是俺真正的娘啊，因為是俺娘把俺摘下來的。」

「摘下來？」

樂俊點了點頭。

「俺娘把俺從里樹上摘下來，就是俺住的樹果。」

說到這裡，樂俊突然恍然大悟。

「聽說那裡的孩子都是在母親的肚子裡長大，真的有這回事？」

「……嗯，通常都是。」

「肚子裡有樹果？那要怎麼摘下來？會垂到肚子外嗎？」

「我不太懂摘下來的意思。」

「就是把長在樹上的卵果摘下來。」

「卵果？」

「卵的果實，差不多這樣大。」

樂俊雙手抱在一起，向陽子比著大小。

「黃色的果實，小孩子躺在裡面，長在名叫里樹的樹枝上，父母去摘下來。你們那裡沒有卵果嗎？」

陽子輕輕按著額頭，這和她瞭解的常識相差太大了。

「好像不太一樣……」

樂俊好奇地看著陽子，陽子露出了苦笑。

「在那裡，小孩子都在母親的肚子裡，然後母親把孩子生下來。」

樂俊瞪大了眼睛。

「像雞一樣？」

「雖然有點不一樣，但感覺差不多。」

「為什麼會有小孩子？肚子裡有樹枝嗎？那要怎麼摘下肚子裡的樹果呢？」

「嗯……」

陽子不知道該怎麼回答時，樂俊的母親回來了。

「來吧，我來泡茶，肚子餓不餓？」

樂俊的母親一邊聽兒子說明陽子的事，一邊俐落地做饅頭。

「所以啊——」樂俊的小手抱著一大塊饅頭說：「我們討論後決定，最好去雁國看看。」

樂俊的母親點著頭。

「是啊，這是個好方法。」

「所以，俺打算送陽子去關弓，娘，妳準備幾件衣服給她。」

樂俊的母親聽了，臉上明顯露出緊張之色。

「這……你？」

「不用擔心，俺快去快回，只是送人生地不熟的客人一程而已。娘，您這麼能幹，一個人在家也沒問題吧？」

樂俊的母親凝視牠片刻，才點了點頭。

「好吧——那你們路上小心。」

「樂俊！」陽子插了嘴。「我很感謝你的心意，但我不能再麻煩你了。你已經告訴我怎麼走了，我應該可以自己去。」

陽子當然不可能說，其實她是害怕有人同行。

「可不可以請你把剛才的地圖再畫一張給我？不好意思，給你添麻煩了。」

「陽子，如果只是去雁國問題還不大，但如果要去找君王，妳一個人辦不到。即使知道路怎麼走，要三個多月才能走到皇宮所在的關弓。沿途的食物問題要怎麼解決？要住哪裡？妳身上有錢嗎？」

陽子沉默不語。

「妳對這裡一無所知，一個人去不了那裡。」

陽子陷入了沉默，猶豫了很久，最後才點頭答應。

「……謝謝你。」

說完，她用餘光掃到了用布包起的那把劍。

有樂俊同行的確比較方便，只不過這對母子看似幫助了陽子，卻沒有人能夠保證是否出於真心。目前還不知道他們是敵是友，但既然他們已經知道陽子接下來的去處，就必須弄清楚這件事。因為如果陽子一離開，他們立刻去向公所告密，在阿岸等待她的就不是船隻，而是天羅地網。

帶樂俊一起上路，就可以成為要脅這個女人的人質。萬一發現樂俊對自己來說是個危險，就用劍解決牠。

——想到這裡，陽子發現自己變得很無情。

7

五天後，他們從樂俊家出發。

樂俊母子表現得很友善，陽子也得以好好休息。蒼猿不斷提醒她「誰知道這對母子在想什麼」，陽子心裡也很清楚這一點。

樂俊的母親為他們準備了旅途所需的各種物品。雖然看起來比達姊家更窮，但她連陽子的換洗衣服也都準備妥當。那些衣物是很粗糙的男裝，陽子穿起來太大了，可能是樂俊死去的父親留下來的。

這些事反而更喚醒了陽子內心的警戒，因為他們不可能只是因為好心，就為自己想得這麼周到。姑且不論樂俊，因為牠外表就不是人類，但陽子沒有勇氣相信牠的母親。

「你們為什麼要幫助我？」

離開樂俊的家，終於看不到房子時，陽子忍不住開口問道。樂俊用短小的前肢撥弄著鬍鬚。

「因為妳一個人沒辦法去關弓啊。」

「你不覺得告訴我怎麼走就夠了嗎？」

「順便去關弓見識一下也不錯啊，聽說那邊很好玩，還聽說很像那裡的風格，畢竟君王是那裡的人。」

「倭式風格？還是漢式風格？」

「倭式風格，延王來自倭。」

「就這樣而已嗎？」

樂俊抬頭看著陽子。

「妳這麼不相信俺嗎？」

「……你不覺得有點好心過頭了嗎？」

身上背著一個大包裹的老鼠抓著胸前的毛。

「妳也看到了，俺是半獸。」

「……半獸？」

「一半是野獸。巧國的君王不喜歡半獸，也討厭海客，只要是不尋常的東西，他都不喜歡。」

陽子點了點頭。

「巧國的海客並不多，因為海客通常都漂流到東側的國家，這樣聽起來似乎很多人，但其實人數很少。」

「有多少人？」

「平均三年可能會有一個人。」

「是嗎……」

人數還是比陽子想像中多。

「海客最常漂流到慶國，因為慶國位在東端，其次是雁國，然後才是巧國。巧國的半獸也很少，不知道是什麼原因。」

「其他國家很多嗎？」

「很多啊，至少不像巧國這麼少。俺住的那一帶只有俺是半獸。巧國的君王應該不壞，只是好惡太分明，對海客很嚴格，對半獸的態度也太冷漠。」

說完，樂俊彈了彈鬍鬚。

「不是俺在自誇，俺是附近一帶最聰明的。」

陽子注視著樂俊，猜測著牠的意圖。

「俺聰明機靈，脾氣又好。」

陽子笑了笑。

「……原來如此。」

「即使這樣，俺仍然無法獨當一面，因為俺只有一半是人，所以永遠都只能獨當半面。在俺以這副模樣出生時，就已經決定了俺的命運，但這並不是俺的過錯。」

陽子輕輕點了點頭，雖然隱約知道牠想表達的意思，但還是無法放鬆警戒。

「海客也一樣啊。所以，俺覺得海客就是海客，無法坐視海客莫名其妙地被殺掉。」

「是喔。」

樂俊用力抓著耳朵下的毛。

「妳知道什麼是上庠嗎？上庠就是郡立的學校，俺在上庠的成績是第一名，被選為選士，推薦去讀少學。少學就是在淳州的學校，少學畢業後，就可以在地方謀個一官半職。」

「郡比縣大嗎？」

「郡比縣大，州有幾個郡，至於有多少個郡，每個州的情況不一樣。郡有五萬戶，分為四個鄉，每個鄉有一萬兩千五百戶，每個鄉又有五個縣。」

「……是喔。」

陽子對五萬戶的數字完全沒有概念。

「其實原本俺也沒辦法讀上庠，多虧俺娘拚命拜託，才終於如願讓俺上了學。只要成績好，還可以繼續升學，畢業之後，就可以去公所謀職。俺是半獸，所以不能領到農田，如果有工作，即使沒有農田，也可以養活自己，只不過半獸沒有少學的入學資格。」

「……是喔。」

「俺娘為了讓俺讀上庠，把自己的農田和房子都賣了。」

「那現在呢？」

「現在是佃農，受僱為附近的有錢人耕作自地。」

「自地？」

「國家發的農地稱為公地，經許可後開墾的稱為自地。俺家只有俺娘有工作，俺連工作也沒有。因為即使俺想工作，也沒人願意僱俺，半獸找不到工作，還會多花稅金。」

陽子納悶地問：

「為什麼？」

「有些半獸外形像熊或是牛，牠們比人類更有力量。總之，最大的原因就是君王討厭半獸。」

「太過分了……」

「雖然半獸的遭遇不像海客那麼糟，不會被抓到後就殺了，但俺不列入人口，所以既無法領到農田，也找不到工作，靠俺娘一個人工作，維持俺們母子的生計，所以俺家這麼窮。」

「……是喔。」

「俺想要工作。」

說完，樂俊指了指掛在脖子上的錢包。

「這是俺娘為了讓俺去讀雁國的少學存了很久的錢，在雁國，半獸可以讀到最高學府的大學，也可以當國家的高官，能夠獨當一面，也能夠領到農田，戶籍上也會登記是正丁。其實俺希望和妳同行，也是期待可以在雁國找到工作。」

可見並不是純粹的好心。陽子忍不住在內心冷笑。雖然可能沒有惡意，但也未必是善意。

「……原來是這樣喔。」

或許她語中帶刺，樂俊突然停下了腳步，打量著陽子片刻，但什麼都沒說。

陽子也沒有再說什麼。每個人都是為自己而活，就連所謂的慈善，追根究柢，也是為了自己，所以，她並沒有對樂俊說的話感到生氣。

啊，每個人都是自私的，所以才會背叛別人。陽子忍不住想。無論是任何人，都不可能無私地為他人而活。

8

那天傍晚，他們來到名叫郭洛的城鎮，那是一個和河西相當的大城鎮。

陽子之前也曾經和這裡的人一起趕路，但這次和上次相比，可說是極度貧窮的旅程。他們沿途都在路邊攤吃飯，住最便宜的旅店，一晚只要五十錢，只能在大房間內用屏風隔開睡覺，但沿途的盤纏都由樂俊支付，陽子當然沒有任何意見。

樂俊對外聲稱陽子是牠的弟弟。既然牠有人類的母親，陽子當牠的弟弟也許也沒問題。事實上，也的確沒有人懷疑過。

起初是一趟平靜的旅程，樂俊在一路上告訴她很多事。
「四大、四州和四極形成十二國。」
「四大？」
陽子回頭看著精疲力盡地走在後方的樂俊。
「對，慶東國、奏南國、範西國、柳北國這四大國，雖然實際並不是很大，只是這麼稱呼。四州國是雁州國、恭州國、才州國，還有這裡——巧州國，四極國就是戴、舜、芳和漣。」
「戴極國、舜極國、芳極國和漣極國。」
「對，每個國家都有君王，統治各個國家。巧國的君王是塙王，皇宮位在喜州傲霜，名叫翠篁宮。」
「傲霜？是城鎮的名字嗎？」
「對。」樂俊說完，指了指左側的山。
這裡的地形起伏很大，左側遠方是一片很高的丘陵地帶，後方隱約可見險峻的山巒。
「就在那座山的後方，有一座高聳入天的山，那就是傲霜山。翠篁宮位在山頂上，山麓一帶就是傲霜。」

「是喔……」

「君王住在皇宮內統治國家，任命州侯，向天下頒布法律，把國土分配給國民。」

「州侯要幹什麼？」

「州侯的工作就是實際統治各州，管理州內的土地、人民和軍隊，整備法律，整頓戶籍，徵收稅款，管理軍隊，以防任何災害異變。」

「所以，並不是君王實際統治國家。」

「君王只是指示統治的指標而已。」

陽子搞不太清楚，但覺得可能和美國的制度差不多。

「君王制定法律，稱為地綱，州侯也會訂定法律，但不可以違反地綱，地綱也不可以悖逆施予綱。」

「施予什麼？」

「那是上天授予君王，要以這種方式治理國家的規定。如果說，這個世界是天幕，支撐世界的就是規繩，繩即是綱，所以也叫天綱或太綱。即使是君王，也必須遵守。只要不觸犯太綱，君王就可以按自己的方式治理國家。」

「……是喔。太綱是由誰決定的，該不會真的是由神明決定的吧？」

「不知道。」樂俊笑了起來。「很久很久以前，天帝統一了九州四夷共十三州，只留下五個神和十二個人，全都變回了卵。在中央造了五山，令西王母為王，將圍繞五山的一州變成黃海，將五個神變成龍王，封為五海之王。」

「這是神話。」

「是啊。然後，天帝給十二人每人一根樹枝，每根樹枝上有三顆果實，有一尾蛇纏繞在樹枝上。蛇鬆開樹枝，撐起了天空，三顆果實落地，分別形成了土地、國家和王位，剩下的樹枝就變成了筆。」

這和陽子以前聽過的各種神話都大不相同。

「那條蛇就是太綱，土地是戶籍，國家就是法律，王位就是仁道——也就是宰輔，筆則代表了歷史。」

說完，樂俊彈了彈鬍鬚。

「那時候，俺還沒有出生，所以不知道是真是假。」

「……原來如此。」

陽子以前也看過兒童版的中國神話，內容幾乎都忘光了，但她很確定，和剛才聽到的內容很不一樣。

「所以，天是最了不起的神明嗎？」

「嗯，應該算吧。」

「那要向誰許願呢？天帝嗎？」

樂俊聽到「許願」這兩個字，納悶地偏著頭。

「——是啊，如果想要求子，就向天帝許願。」

「其他的呢？祈求豐收呢？」

「豐收這件事，要向堯帝祈求。俺想起來了，也有人供奉堯帝。如果想要避免水災，就要向禹帝祈求；避妖降魔就要向黃帝祈求。」

「要向各種不同的神明祈求？」

「嗯，俺記得有人拜各種神明。」

「平時不會拜嗎？」

「不會。只要氣候良好，好好照顧，農作物就會豐收。天氣好壞要看天的心情，不管是哭是笑，該下雨的時候就會下雨，要乾旱的時候就會乾旱，即使祈求也沒用。」

陽子有點驚訝。

「但如果發生洪水，大家不是都會遭殃嗎？」

「所以君王會努力治水，避免洪水發生。」

「那寒害呢？」

「君王會管理穀物，避免在遇到寒害時鬧飢荒。」

——搞不懂是怎麼回事。

「那你們不會祈求考試及格，或是可以存很多錢嗎？」

聽到陽子這麼說，這次輪到樂俊露出驚訝的表情。

「這些都要靠自己努力，不是嗎？祈求有什麼用？」

「那……也對啦。」

「考試的話，只要用功讀書，就可以及格；只要努力工作，就可以賺到錢。到底要祈求什麼？」

「我也不知道。」陽子苦笑著，她的笑容突然僵住了。

——原來是這麼一回事。

在這裡，不會求神拜佛，也沒有運氣這種事，所以，這裡的人只要有機會賣掉海客賺點小錢，就不會錯過機會。

「……原來如此。」

她發現自己小聲嘀咕的聲音中帶著冷漠。不知道樂俊是否察覺，牠抬頭看著陽子，然後垂頭喪氣地垂下了鬍鬚。

樂俊果然如牠自己所說的，博學多才，腦筋靈活。像牠這麼聰明的人，只因為是半獸，就要一輩子成為母親的負擔，的確會成為很大的痛苦。

樂俊很想向陽子打聽她的事和日本的事，但陽子什麼都不想說。

然後——在第十六天時，他們遭到了襲擊。

9

那天將近傍晚，當晚打算住宿的午寮近在眼前時，他們遭到了攻擊。

想趕快進城的過客都湧向城門，陽子也擠在其中，加快了腳步。距離城門只有五百公尺的距離，門內傳來了鼓聲，催促著準備進城的人。一旦鼓聲停止，城門就會關起。

每個人都加快腳步，想要趕快跑進城門的人擠成了一堆。這時，突然有人「啊！」地叫了起來。

聽到叫聲，有一個人、兩個人抬頭看向背後的天空，擁擠的人群紛紛停了下來。

陽子驚訝地回頭張望時，已經可以清楚看到飛來的巨鳥輪廓。

有八隻像老鷹般的巨鳥，頭上長著角。

「蠱雕！」

聽到這聲慘叫，人群開始湧向午寮的城門。陽子也和樂俊一起跑了起來，但蠱雕的速度明顯快多了。

城門內的人不顧蜂擁而至的人群，正在關閉城門。

——太愚昧了！

雖然城門內的人想要自我保護，避免受到蠱雕攻擊，但對於可以在空中飛的妖魔而言，關起城門又有何用？

「——等一下！」

「不要關！」

慘叫聲四起。陽子立刻推著樂俊，衝出了人群。

幸好他們離城門還有一段距離。城門前擠滿了爭先恐後想要進城的人，不惜推倒他人，把別人踩在地上，宛如人間地獄。

陽子在離人群稍遠處跑向城鎮的方向，忍不住冷笑起來。

——這裡的人不會求神拜佛。

即使遭到妖魔的攻擊，他們也不會向神明求助，所以不惜推倒前面的人，也要搶先衝進城門；門內的人不顧門外的人，急著關上城門。

是否會遭到妖魔攻擊，取決於當事人是否小心謹慎嗎？遭到攻擊後，也要憑自己的力量，決定是否能夠得救嗎？

「……愚昧。」

——果真如此的話，這些人太無力了。

不遠處傳來宛如嬰兒哭喊般的聲音，陽子立刻停下腳步，跑在一旁的樂俊回頭看著陽子大叫：

「陽子！不行啦！」

「樂俊，你趕快進城。」

蠱雕飛得越來越近，已經可以清楚看到牠們胸毛上的斑紋。陽子看著蠱雕，用手指向城門，同時甩開了包在劍上的布。

熟悉的感覺傳遍全身。陽子已經適應了冗祐，完全不會感到任何不舒服。

她的臉上露出從容的笑容。

——怎麼可能不行？

對付蠱雕輕而易舉。眼前只有區區八隻蠱雕，陽子的劍可以刺穿任何動物的身體，敵人的身體越龐大，就越容易鎖定目標。而且，鳥在天空中滑行，很容易掌握攻擊的時機。

遇見久違的敵人，自己竟然在笑。陽子對自己感到好奇。

傷勢已經痊癒，體力也很充足，她有絕對的自信不會輸給眼前的敵人。聽到背後傳來只能拔腿逃跑的人的聲音——那些想要追捕陽子這個海客的人的慘叫聲，她感到莫名的驕傲和快樂。

她對著捲起陣陣腥風，急速俯衝的蠱雕舉起了劍，體內的血液沸騰，她聽到了宛如波濤洶湧的海浪聲。

——我是野獸。

——我絕對是妖魔。

所以遇到敵人時，才會這麼高興。

殺戮開始了。既是對蠱雕而言的殺戮，也是對人類而言的殺戮。

陽子砍下急速俯衝而來的第五隻蠱雕的脖子，避開了第六隻。無法用爪子抓到陽子的巨鳥攻擊遠遠躲在背後的過客後，飛向天空。

陽子俐落地完成了自己的任務。

她很久之前就適應了血腥味和砍斷骨肉的感覺，內心也不再有絲毫的脆弱，看見人的屍體也能不為所動。

她所有的注意力都集中在避開敵人、打倒敵人，以及盡可能避開敵人的血濺到身上。

擊落七隻巨鳥後，陽子仰頭看向天空。第八隻鳥在上空盤旋，似乎在猶豫，遲遲不飛下來。

迅速拉起夜幕的天空呈現鏽鐵色，黑色的妖鳥影子從天空中掠過。

即使借助冗祐的力量，也無法飛上天空去追牠。

「——下來啊。」

陽子嘀咕道。

來吧，來到我的利爪可以觸及的範圍。

她瞪著在天空中盤旋的影子，用眼角餘光巡視周圍。

既然敵人在大白天出現，那個女人必定在附近——那個金髮女人。附近看不到金色嗎？

如果金髮女人在附近，就要上前去抓住她。陽子現在有這樣的能力。一旦抓住女

人，一定要追問她到底有什麼目的，如果她不願回答，即使砍斷她一隻手，也要逼她回答。

她對自己的想法感到驚愕。

這種宛如野獸本性般的猙獰到底是怎麼回事？還是只是因為見血的關係……

頭上的影子突然改變了移動的角度。牠要衝下來了。陽子看準之後，握住劍柄的手用力。她還來不及揮劍，巨鳥便再度改變角度，再次在空中盤旋。

「你給我下來！」

——妖魔也會怕死嗎？

也不想想至今為止，曾經攻擊過多少人！

陽子揮起了劍，把劍插進腳邊的蠱雕屍體。

「如果你不下來，我就把你的同伴碎屍萬段，怎麼樣？」

天上的蠱雕似乎聽懂了她的話，突然從空中衝了下來。陽子用從屍體中拔出來的劍，砍向蠱雕像箭一樣伸過來的銳利鉤爪，劍光一閃，然後直接刺向牠的腳。

巨鳥發出尖叫聲拍打著翅膀，風壓幾乎把陽子吹了起來，她用力站穩後，把拔出來的劍刺向巨鳥的身體。刺中之後，立刻向側面一閃，拔出了劍，前一刻所站的位置立刻濺滿了鮮血。

之後就簡單了。巨鳥的翅膀無力地拍打著，從空中墜落，陽子又補了兩、三劍，砍下了牠的脖子，結束了牠的生命。當她用力揮動寶劍，甩掉上面的鮮血時，周圍已經完全沒有動靜。

倒在路上的並非只有蠱雕，路上躺了很多人，不時傳來呻吟，可見並不是全都死了。

陽子無動於衷地看著眼前的景象，把劍在身旁的蠱雕脖子上擦乾淨後，才終於想起一件事。

——我好像有同伴。

「……樂俊？」

她看向午寮城的方向，發現城門打開了，衛兵從城門打開的縫隙中衝了出來。

她再度巡視自己的腳下和城門之間的距離，看到了倒在遠處的野獸，灰棕色的毛沾染了血，變成了深紅色。

「樂俊……」

她想要跑過去，再度看向城門。衝出城門的衛兵和人們叫喊著，但她聽不到他們在喊什麼。

她看了看樂俊，又看了看城門。

由於距離太遠，她看不清樂俊的傷勢到底有多嚴重，但牠身上沾到的血跡似乎並不完全是倒在牠身旁的蠱雕流出來的血。

陽子握著掛在脖子上的玉珠。她不知道這顆玉珠是否對所有人都有效，還是像劍一樣，只對自己有反應，但如果可以用在其他人身上，就可以救樂俊。

雖然她這麼想，但還是握著玉珠站在原地。

跑過去瞭解樂俊的傷勢，如果傷勢嚴重，試試看玉珠的威力是否能夠在牠身上施展——這應該是對樂俊最好的決定。

但是，用玉珠治療時，衛兵會跑過來。衛兵已經越來越近了。

周圍的人都倒在地上，唯一站在那裡的陽子格外醒目。剛才衛兵站在遠處，應該清楚地看到蠱雕攻擊陽子，以及陽子擊退了牠們，一定對此感到不解。

自己手上拿著沒有劍鞘的劍，只要稍微檢查一下，就知道自己染過頭髮。衛兵很快就會知道自己是海客。

但是，如果現在逃走……

她看著倒在地上的樂俊。

一旦陽子棄樂俊不顧，自己逃走，牠會不會去告發？

包著劍的行李、頭髮染的顏色、男人的衣服，正趕往阿岸，打算前往雁國。一旦被公所掌握這些資訊，追捕陽子的網就會一下子收緊，但她沒有力氣抱著倒在地上的樂俊一起逃走。

考慮到樂俊的安全，必須過去找牠。

如果考慮到自己的安全……

她的心跳加速。

——趕快跑過去殺了樂俊……

怎麼可以這樣！體內響起這個聲音。另一個聲音斥責道。

沒時間猶豫了，一旦樂俊多嘴，就會斷了陽子的生路。

現在無法回去，一旦回去，等於送死，但也無法把樂俊留在那裡，因為這也同樣危險。既然這樣——

回去執行最妥善的行動，最好把樂俊的錢包也搶過來，陽子就可以徹底擺脫眼前的困境。目前時間還來得及，如果只是去做這些事，還有足夠的時間。

城門已經完全打開，人潮一下子湧了出來。看到湧出的人群，陽子不由自主地後退。

一旦踏出第一步，就再也無法停下腳步。

陽子轉過身。沿著幹道衝過來的過客從背後逼近，陽子擠在人群中拔腿跑了起來。

10

——一定不會有事……一定。

她在暮色籠罩的幹道上快步行走，一路這麼安慰自己。

天色完全暗下來，發現四周沒有人煙後，她就不顧一切地奔跑。她離開了午寮，在岔路轉彎，遠離了今天早上啟程的城鎮和午寮。

即使已經跑了很遠，陽子仍然沒有停下腳步，總覺得如果不加快腳步，背後就會有人追來。

不會有事的。她再度告訴自己。

即使樂俊去告發陽子，在這個連照片都沒有的國家，別人不可能會抓到自己。況且當初樂俊曾經藏匿陽子，牠一定也害怕會受到處罰，所以不會說出拋棄牠逃走的海客。

陽子拚命這麼告訴自己，但忍不住停下了腳步。

她覺得整顆心好像都空了。

現在不應該想這種事吧？

不知道樂俊是否平安？陽子看到牠時，覺得牠的傷勢似乎並不嚴重，但真的不嚴重嗎？

必須回去。體內發出這個聲音。

至少必須回去確認樂俊的安危後再逃。

太危險了。另一個聲音說道。即使回去，陽子也無能為力。

有玉珠。那個聲音大喊著。

即使有玉珠，也未必能夠治療樂俊的傷勢，更何況樂俊可能已經死了。一旦回去，就會被抓住。回去也沒用，只會被抓。一旦被抓，就別想活下去。

——這麼怕死嗎？

——怎麼可能不珍惜生命？

——不惜拋棄救命恩人嗎？

——牠未必是真正的恩人。

——但牠救了妳，這個事實無法改變。樂俊藏匿了妳。

——牠有私心，並不是完全出於好心。這種傢伙隨時都會背叛。

——如果牠不是出於好心，就可以拋棄嗎？真的可以這麼做嗎？

那裡有那麼多人受傷，而且其中有自己認識的人，真的可以棄他們不顧嗎？至少應該協助救助工作，也許就可以減少無謂的犧牲。

——在這個國家，說這種漂亮話也沒用，反而會招致衰運上身。

——這不是說漂亮話。

這是身為人類的責任，難道連這點也忘了嗎？

——事到如今，妳有什麼資格談論身為人的責任？

事到如今？

事到如今！

「回去殺了牠。」

聽到這個刺耳的聲音，陽子想了起來。她在路旁的草叢中看到了蒼猿的腦袋。

「——妳是不是這麼想？」

「……啊……」

陽子凝視著蒼猿，渾身忍不住發抖。

「妳是不是想回去殺了牠？這樣的妳，還有什麼資格談論身為人的責任？妳？事到如今還有什麼資格？」

猴子發瘋似的大笑起來。

「……你搞錯了！」

「我怎麼會搞錯？妳剛才的確這麼想。」

「我根本沒打算這麼做。」

「妳當然有這個打算。」

「但我並沒有這麼做，我做不到！」

蒼猿嘎嘎嘎地大笑著。

「這是因為妳害怕殺人。雖然妳想殺牠，只是沒有勇氣而已。」

大笑的猴子開心地看著陽子。

「妳不是越來越厲害了嗎？沒問題，下次就敢動手了。」

「你錯了！」

蒼猿無視她的叫喊大笑起來，尖笑聲無情地刺進陽子的耳朵。

「——我要回去。」

「即使妳回去，牠也早就死了。」

「那可未必。」

「早就死了。妳回去只會被抓，然後被殺，白白送命。」

「即使這樣，我也要回去。」

「是喔，回去之後，就能抵銷妳的罪過嗎？」

準備轉身往回走的陽子停下了腳步。

「想回去就回去啊，回去看著屍體好好哭一哭，就可以抵銷妳想要殺牠的罪過。」

陽子呆滯地看著蒼猿嘎嘎大笑的臉。

那是自己。那是膚淺的自己發出的聲音。這完全是自己心裡的想法。

「——牠一定會背叛妳，在牠背叛之前就斷氣不是正合妳意？」

「……少囉嗦。」

「搞不好那隻老鼠已經告發了妳，那些衛兵正跑來這裡？」

「閉嘴！」

她握著劍柄揮劍，但只割到草叢，草尖飛了起來。

「真希望牠死了，早知道再補牠一劍，就完美無缺了。妳真是太傻太天真了。」

「吵死了！」

「下次一定要記得這麼做。下次再遇到相同的事，一定要記得給對方致命的一擊。」

「別亂說了！」

草尖發出聲音飛了起來。

——怎麼可能殺人？光是拋下牠離開，心情就這麼沉重，一旦殺了牠，要怎麼繼續活下去？為了活命，就可以為所欲為嗎？為了活下去，即使淪為最醜陋的動物也無妨嗎？

「……幸好沒有殺牠……」

幸好沒有貿然行動，幸好沒有鬼迷心竅地真的動手。

猴子大聲嘲笑著。

「妳讓牠活著，萬一牠去告發妳怎麼辦，嗯？」

「即使樂俊去告發也沒關係。」

塞在胸口的東西終於化為淚水流了出來。

「樂俊有這個權利，牠當然可以去告發我！」

「太天真，太天真了。」

為什麼無法相信人類？

這並不是輕易相信他人，但陽子覺得應該可以相信那隻老鼠。

「妳就是因為太天真，所以才會遭到背叛，變成別人眼中的肥羊。」

「即使遭到背叛也無妨。」

「太天真了。」

猴子嘎嘎嘎的大笑聲撕裂了夜空。

「真的嗎?這樣真的好嗎?真的要當傻瓜，變成別人的肥羊嗎?」

「即使遭到背叛也無妨，那只是背叛的人太卑鄙，並不會傷害到我，至少我不希望背叛別人，成為卑鄙的人。」

「卑鄙才能贏啊，因為這裡是鬼國，沒有人會善待妳，因為這裡根本就沒有好人。」

「這和我無關!」

因為在自己面臨困境時，沒有人伸出援手，所以就拒絕他人嗎?這可以成為拋棄對自己展現善意的對象的理由嗎?難道不是絕對的善意，就無法相信嗎?如果別人不是竭誠善待自己，自己也無法善待別人嗎?

「……不是這樣的。」

陽子相信他人，和別人背叛陽子之間毫無關係;陽子自己善待他人，和別人善待她之間也毫無關係。

她孤獨無依，在這個廣大的世界中形單影隻，沒有人幫助她，也沒有人安慰她，但這些都不能成為陽子無法相信他人，行為卑鄙，為了逃命而拋棄別人，甚至加害於人的理由。

猴子歇斯底里地笑了起來，用尖銳的聲音持續發出笑聲。

「……我想要更堅強……」

她用力握著劍柄。

這和世界或是他人無關，她希望自己更堅強，可以抬頭挺胸地活下去。

猴子突然不笑了。

「妳會死。妳回不了家，誰都不會理妳，妳會遭到欺騙、背叛，然後死去。」

「我不會死。」

如果現在死了，自己的人生就會在愚蠢、卑鄙中畫上句點。如果接受死亡，就等於接受這樣的自己。蓋上「沒有價值的生命」的烙印很簡單，但她不允許自己逃避。

「妳會死，妳會飢寒交迫，精疲力盡，被砍頭而死。」

陽子用盡渾身的力氣揮劍，割斷草叢後，繼續砍向空氣，感受到很大的反彈力。

猴子的腦袋在飛舞的草尖跳動，然後落在地上打著滾，一路灑下鮮血。

「我絕對不會輸……」

她淚流不止。

她用硬邦邦的衣袖擦了擦臉後，邁開了步伐，一道金光落在她的腳下。

陽子呆呆地注視著，一時無法體會到底是怎麼一回事。

那個東西出現在變成土色的血泊中，出現在蒼猿的腦袋原本掉落的位置。

那是她已失去的——

劍鞘。

第六章

1

「嗯，差不多這麼高……」
陽子擱下過客，比出小孩子的身高。
「妳有沒有見過這麼高、外形像老鼠的人？」
老婦人狐疑地看著陽子。
「什麼？是半獸嗎？」
「對，聽說牠昨天在城門前受了傷。」
「喔喔——就是蠱雕來的時候。」
老婦人說完，轉身看向後方，午寮遠遠地出現在那裡。
「昨天受傷的人都送去公所了，在那裡包紮治療。」
從早上開始，她已經多次聽到相同的回答。
陽子在天亮後回到了午寮，沒想到城門戒備森嚴，根本無法進城。雖然去公所看看就知道了，但她無法去那裡。
「妳有沒有去過公所？」

「有……但好像不在那裡。」

「那就在後面。」

老婦人說完就離開了。午寮城的後方堆了很多屍體，陽子遠遠地打量，發現那裡同樣戒備森嚴，她無法靠近去確認這些屍體中是否有樂俊。

目送背著大包裹的老婦人離去後，陽子攔住了另一個從午寮來的過客。

「請問——」

來者是一男一女兩個人，男人的腳上裹著布，手上拿著拐杖。

「可不可以打擾一下——」

陽子又重複了剛才問老婦人的話，那兩個人一臉訝異地看著她。

「聽說牠昨天受了傷——」

「妳——」男人突然指著陽子。「妳該不會就是昨天的——」

陽子不等他說完，掉頭就走。

「喂，別走，等一下！」

陽子不理會大叫的男人，快步鑽過人群離去。

男人應該是在昨天受了傷，而且他記得陽子——

從早上至今，她已經不止一次用這種方式逃走，每次再度回到城門前，就發現衛兵人數增加，她越來越不敢靠近城鎮。

她只能離開午寮入山，等待風聲漸漸平靜。雖然她知道這麼做遲早會被抓到，但還是無法離開午寮。

——即使打聽到消息又怎麼樣呢？

即使確認了樂俊平安無事，也無法彌補昨天拋下牠逃走這件事，那是已經犯下的罪，無法再挽回了。

即使得知牠平安無事，也不可能進入城鎮去向牠道歉。一旦進城，就會被衛兵抓住，也就意味著死亡。

——我不知道該怎麼辦。

她覺得自己似乎捨不得放棄這條爛命，同時又覺得好像不應該輕易放棄生命。

既然無法下定決心，就無法離開午寮。

她再三猶豫後，不知道第幾次再度回到午寮的城門前，攔住了幾名過客，問了相同的問題，但也都得到相同的答案。

正當她無計可施時，背後有人叫她：

「你就是——」

陽子聽到聲音，立刻想逃走。當她在轉身的同時回頭一看，發現一對母女用複雜的表情看著她。

「——你是之前在博朗遇……」

陽子停下腳步，呆呆地看著她們片刻，發現是在山路上遇到的那對母女。她們似乎是賣糖果的商販，身上背著大行李，此刻仍然背在身上。

「太好了，原來你平安無事。」

女孩的母親說完後笑了笑，臉上的表情很複雜。女孩用比她母親更複雜的表情抬頭看著陽子。

「你的傷已經好了嗎？」

陽子遲疑了一下，然後才點點頭。點完頭之後，又深深地鞠了躬。

「——上次真的很感謝。」

當時，那對母女想要幫她，但她婉拒了她們的好意，進入了山裡。雖然嘴上道了謝，但並沒有發自內心地感謝。

「真的太好了，我還在擔心，不知道你之後怎麼樣了。」

母親笑了笑，這次的笑容很輕鬆。

「玉葉，妳看，哥哥沒事。」

她低頭看著緊緊依偎自己的女兒，女孩仍然用複雜的表情抬頭看著陽子。陽子對她露出微笑，然後才想起自己很久沒笑了，臉上的肌肉僵硬，完全笑不出來。

玉葉眨了眨眼睛，然後害羞地躲到母親背後。陽子蹲了下來。

——如果當初她們沒有給我水和糖果，我不知道能不能熬過那個夜晚。

這次她露出了比較自然的微笑。

「謝謝妳上次送我水和糖果。」

女孩看了看陽子，又看了看母親，然後才笑了笑。不知道是否覺得自己很好笑，她立刻恢復了複雜的表情，但又吃吃地笑了起來。那是小孩子特有的笑容，讓陽子心生憐愛，差點哭出來。

「真的很謝謝妳，對不起，上次沒有好好道謝。」

玉葉露出滿面笑容問：

「……那時候很痛嗎？」

「啊？」

「你上次是因為很痛，所以心情不好嗎？」

「——嗯，對，真對不起。」

「現在不痛了嗎？」

「嗯，已經好了。」

她出示了癒合後留下疤痕的傷口，不知道這對母女會不會察覺她的傷口好得太快了。

玉葉抬頭看著母親說：「哥哥說已經好了。」母親瞇起眼睛，低頭看著女兒。

「太好了。我們原本打算到了博朗後再回去找你，但到了里之後，城門就快關了。最近的衛兵都很沒用，晚上不讓我們出城——你在找人嗎？」

陽子點了點頭。

「我們也要去午寮，要不要一起去？」

陽子只能對著她們搖頭，那位母親只「喔」了一聲。

「——玉葉，我們要去找旅店了。」

說完，她牽著女兒的手，然後看著陽子問：

「你要找的人叫什麼？是半獸吧？」

陽子看著她。

「不是在公所就在後面吧？叫什麼名字？」

「——牠叫樂俊。」

「你在這裡等我們，我們去看看。」

那位母親說完，重新背起行李。陽子對她深深鞠了一躬。

「……謝謝。」

女人在將近傍晚時獨自走了回來，告訴陽子在受傷者和死者中都沒有找到樂俊，然後就跑回了午寮。陽子不知道她是否知道自己的身分。

2

確認之後，陽子終於決定放棄。

牠是在陽子不知道的時候離開了午寮城，還是那個女人沒看到牠？

陽子無法確認。

她站在幹道上，對著午寮城鞠躬。她只能告訴自己，這是一種懲罰。她無法在這裡拋開一切。

她再度展開了夜晚趕路，白天休息的生活。因為經常用這種方式趕路，所以幾乎只記得這個國家的夜晚。

錢包在樂俊身上，所以陽子身無分文。她已經習慣在夜晚和妖魔奮戰，白天帶著飢餓倒在草叢中睡覺，所以並不會感到不滿。這次的旅行有目的，她完全不以為苦。先去阿岸，再搭船去雁國。搭船要買船票，所以她必須想出籌錢的方法。

上次在拓丘被海客老人偷走行李後，陽子在野外生存了超過一個月。這是她能夠借助玉珠的力量，不吃不喝也能活命的最長期限。因為她已經瞭解自己的極限，所以比之前的任何一次旅程都輕鬆。

蒼猿不再現身。自從變回劍鞘後，劍的幻影和聲音也都銷聲匿跡。雖然曾經聽到隱約的水聲，也有微光從劍鞘和劍柄的縫隙之間漏出來，但她並不想從劍鞘中拔出劍，看看到底是什麼幻影，整天只默默低頭趕路。

——真是冷酷無情啊，妳就這麼怕死嗎？

她在趕路時，內心響起蒼猿的聲音。

那原本就是陽子本身的不安，所以，即使蒼猿不見了，仍然可以清楚地聽到牠的聲音。

——我珍惜自己的生命。

『不惜拋下救命恩人的這種命，也值得珍惜嗎？』

「我已經決定，至少現在要好好珍惜自己的生命。」

『我勸妳乾脆去公所自首，就可以贖罪了。』

「等到了雁國之後，我再考慮這個問題。」

她覺得似乎聽到了蒼猿嘎嘎嘎的聲音。

『反正妳就是怕死啦。』

「對。因為有人在追捕我，所以我現在很珍惜自己的生命。等不必擔心遭到追捕，這條生命完全屬於我自己時，我會思考自己的生存方式，到時候也會思考反省和贖罪的問題。」

——現在只想努力活下去。

『為了活命，不惜殺死妖魔，用劍威脅別人嗎？』

「目前只能用這種方法，我不再猶豫，一心只想趕快去雁國。到了雁國之後，至少不需要再用劍來對付追捕我的人。」

『到了雁國之後，一切就會有圓滿結果嗎？』

「事情不可能這麼簡單，但我必須去找景麒，也要尋找回去的方法，還有很多事需要考慮。」

『妳至今仍然相信景麒是妳的朋友嗎？嗯？』

「見到他之後，就會知道他是敵是友，在此之前，我不去思考這個問題。」

『即使見到景麒，妳也回不去。』

「在明確知道無法回去之前，我不會輕言放棄。」

『妳這麼想回去嗎？沒有人等妳回去啊。』

「即使這樣，我也要回去……」

陽子在故國時整天對人察言觀色，不想惹人討厭，希望每個人都喜歡自己，害怕和別人對立，害怕挨罵。現在回想起來，搞不懂以前的自己為什麼活得這麼戰戰兢兢。

也許並不是因為膽小，只是怠惰而已。對陽子來說，聽從別人的意見比自己思考更輕鬆；迎合他人，避免爭執，比為了保護某些東西而和他人對立輕鬆多了；根據別人的要求演「乖寶寶」，比為了尋找自我與他人對抗輕鬆多了。

自己以前的生活方式太卑鄙、太怠惰了，所以，她希望回到以前生活的地方。回去之後，她要換一種不同的生活方式，希望有機會重新努力。

——她走在路上，靜靜地思考著這些事。

沿途常常下雨。也許現在正值雨季。雨天露宿在野外很辛苦，所以她學會去盧借宿。

有人讓她借住在庫房的角落，也有人向她索取住宿費，更有人去找衛兵，或是被盧的人打出來，也有窮人施捨她食物。

漸漸地，她學會了用勞力換取住宿。

前一天借宿後，翌日就在那戶人家工作，工作的內容五花八門。在農田幹活、打掃家裡、打雜、照顧家畜、清掃豬圈牛棚、挖墳，什麼事都不奇怪。

有時候她會連續工作幾天，賺點零用錢。

她沿途經過一個又一個盧，在那裡借宿打工，一旦發生狀況，就拔劍而逃。若是有人找來衛兵，各個盧都會加強警戒，在風聲平息之前，她只能再度露宿野外。

妖魔的襲擊不斷，數量也逐漸增加，但她已經不把和敵人作戰這件事放在心上了。

持續了一個月的旅程後，陽子發現身後有衛兵在追趕自己。

如果去盧和當地人接觸，就會留下她的行蹤。凡走過，必留下痕跡，既然自己遭到追捕，早晚會被人發現，所以陽子並沒有太慌張。

她逃進山裡，甩掉了追兵，但不久之後，經常在幹道上發現衛兵的身影。她只擔心阿岸遭到封鎖，所以在接近阿岸後，就不再借宿，也遠離了幹道，小心翼翼地走在山裡，不讓任何人發現自己的蹤影。

樂俊說，走到阿岸要一個月，但她看到海港時，已經是兩個月後的事。

3

「打擾一下！」

陽子在阿岸的城門前攔下過客向他們打聽。

阿岸位在地勢平緩的丘陵地帶下方，站在下坡的幹道上，阿岸的海港盡收眼底。

這片名叫青海的海真的是藍色，拍向岸邊的海浪是白色的。大海蔚藍透明，向海中延伸的半島宛如環抱著阿岸的海岸，內海上浮著點點白帆。半島的遠方是筆直的海平線。如果地面是平的，未免太奇怪了。

好幾條道路在阿岸的城門前交錯。阿岸城很大，出入的人也很多。陽子擠進人群，向看起來和善的人打聽。

「我想請教一下，要怎麼搭乘去雁國的船？」

那個有點年紀的男人詳細告訴她去哪裡搭船，她又問了搭乘方法和費用，幸好沿途打零工存的小錢勉強夠買去雁國的船票。

「船什麼時候出發？」

「每五天有一班，現在的話，要等三天才有船。」

她還問了船出發的時間。一旦在這裡犯錯，海港遭到封鎖，之前的辛苦都白費了，所以，她打聽完必要事項後，向對方鞠躬道謝。

「是嗎？謝謝。」

她離開了阿岸，在山裡躲了兩天。船在早上出發，所以她在前一天，再度來到阿岸的城門前。

城門警戒森嚴。因為她必須進城過一夜，所以無論如何都不能引起懷疑。陽子看著用布包起的劍。如今，劍鞘已經找回來了，但很少有過客身上帶著劍，無論如何都會引起注意。

如果沒有這把劍，危險就大為減少。她想了很久，想要丟在巧國，但還是希望能免則免。因為一旦遇到妖魔，只有這把劍才能對付。城門前的衛兵不可能因為看到有人帶劍就產生警戒，所以把劍丟掉似乎並沒有太大的意義。

她在山上割了草，把劍包了起來，再用布和行李包在一起，乍看之下，看不出是一把劍。她抱著行李，坐在傍晚的街頭等待機會。

她剛坐下不久，立刻有一個男人問她：

「小兄弟，你怎麼了？」

那是一個中年男人。

「沒事，我有點腳痛。」

男人一臉無趣地快步走向阿岸的城門。

陽子目送他離開後，再度坐在地上等待。第三次有人上前問她時，她知道自己終於等到了理想的人選。

「你怎麼了？」

那是一對帶著兩個孩子的夫妻。

「我有點……不太舒服……」

陽子低著頭說，女人伸手摸著她的身體。

「還好嗎？」

陽子搖了搖頭。如果無法順利博取這對夫妻的同情，就必須把劍丟在這裡，面對日後更大的危險。她因為緊張，忍不住冒著冷汗。

「沒事吧？阿岸就在前面，你可以走到那裡嗎？」

陽子輕輕點了點頭，男人把肩膀伸到陽子的面前。

「來，你抓著我的肩膀。一下子就到了，加油。」

「好。」陽子點了點頭，一隻手搭在男人肩膀上。她在站起來時，故意把行李掉在地上。她正想彎腰去撿，女人制止了她。女人撿起了行李，回頭看著兩個孩子說。

「這個給你們拿，反正很輕。」

那對兄妹接過行李，很認真地點了點頭。

「你可以走嗎？要不要請衛兵過來幫忙？」

陽子立刻搖了搖頭。

「不好意思，我沒問題，我朋友已經先進城，找好旅店了。」

「是嗎？」

男人笑了笑。

「原來你和朋友一起來，太好了。」

陽子點了點頭，輕輕抓著男人的肩膀走路，彼此保持著適度的距離，要讓那個男人覺得她有點顧慮，但希望旁人會以為她和對方的關係很親密。

城門就在眼前。站在城門旁的幾名衛兵檢查著快步走進城門的人群。他們走過了城門，雖然衛兵看了她一眼，但並沒有叫住她。走進城門後，又走了一小段距離，陽子終於吐了一口氣。她悄悄回頭一看，離衛兵已經很遠，看不清他們的臉了。

——太好了。

她在內心鬆了一口氣後，鬆開了扶著男人的手。

「謝謝你們，我好多了。」

「沒事了嗎？要不要送你去旅店？」

「不用了，我沒事了，謝謝你們。」

她深深地鞠了一躬，在心裡對他們說，對不起，欺騙了你們。

那對夫妻互看了一眼，對她說：「那你要小心。」

這裡也到處都是難民。陽子擔心引起旅店夥計的懷疑，所以坐在城牆下的空地熬過了一晚。

天終於亮了之後，陽子沿著大街走向海港。大街深處通往大海，那裡有一座簡陋的棧橋，一艘看起來很小、但比停靠在海港的其他船隻稍大的帆船繫在棧橋旁。

「就是那艘船……」

她激動地準備跑向棧橋，突然停下了腳步。因為她看到衛兵正在檢查上船的旅客。

當她看到衛兵打開旅客的行李檢查時，頓時感到眼前發黑。

她希望可以保住那把劍，於是躲進最靠近棧橋的暗處，目不轉睛地看著旅客和衛兵。

如果把寶劍丟掉，雖然少了防身的武器，但勝過繼續留在巧國。她看著不遠處的水面，遲遲下不了決心。這是和景麒有關的東西，一旦失去這把劍，就等於斷了和景麒之間一半的關係——甚至可能意味著斷絕了和故國之間的關係。

——怎麼辦？

她猶豫再三，還是下不了決心。

陽子巡視著海港，想要尋找是否有保住這把劍又能搭船前往雁國的方法。海港內停了幾艘小帆船，能不能搶走帆船自行渡海？

——我不知道怎麼駕駛帆船。

之前聽說青海是內海，雖然不知道會花幾天的時間，但能不能沿著海岸走去雁國呢？

當她猶豫不已，感到有點暈頭轉向時，突然響起一陣響亮的鼓聲。

她驚訝地抬頭一看，發現鼓聲來自船的甲板，她知道那是出航的信號。搭乘的旅客全都上了船，衛兵無所事事地站在那裡。

——來不及了。

即使現在跑過去，也會被衛兵抓住，而且已經沒時間在這裡把行李打開，把劍拿出來。即使把行李統統丟掉，空手上船會不會反而引起懷疑？她六神無主，更加不敢輕舉妄動。她呆滯地站在那裡，眼睜睜地看著帆船揚起了帆。

架在船上的木板移開了，陽子終於從暗處衝了出來。船緩緩滑動，衛兵站在那裡目送帆船離去。雖然她跑了幾步，但不敢繼續靠近。

陽子呆呆地目送船隻離去，白色的帆影烙在她眼中。

——現在可以跳進海裡。

不著邊際的念頭在腦海中翻騰，但身體無法動彈。

——搭上那艘船，就可以去雁國了。

她抱著行李，只能眼看著帆船離去。錯過這次機會實在太嚴重了，讓她無法從打擊中站起來。

「怎麼了？錯過那班船了嗎？」

一道低沉粗獷的聲音響起，陽子驚訝地回過神。

打著木樁，泥土地壓得很緊實的碼頭下方有一艘小船，四個男人正在甲板上工作，其中一個抬頭看著陽子。

陽子神色緊張地點了點頭。五天之後才有下一班船，這五天將決定她的命運。

「小兄弟，你敢跳嗎？上船吧。」

陽子一時聽不懂他的意思，看著那名船員。

「你不是急著趕路嗎？」

陽子點了點頭，船員握著綁在碼頭木樁上的繩子。

「你把繩子解開後跳下來，我們會在浮濠追上那條船，我們載你一程，但你要幫忙做事。」

聽到船員這麼說，其他幾名船員輕輕笑了起來。陽子用力點頭，解開繞在腳邊木樁上的繩子，握住繩子跳上了船。

這艘貨船要把貨物運到位在阿岸北方的浮濠島。浮濠位在巧國北端，離阿岸有一天一夜的航程，是到雁國之前，船隻唯一能停靠的地方。

除了畢業旅行時搭過渡輪以外，陽子從來沒有搭船的經驗，更是有生以來第一次搭帆船。

陽子還沒有搞清楚狀況，船員一下子叫她去拿東西，一下子叫她整理，整天忙得團團轉。來到海上，航行漸漸穩定後，她又被叫去洗鍋子、做飯，有做不完的雜務，最後甚至被要求為年長的船員按摩腿，所幸當他們問及她的情況時，陽子實問虛答，船員都笑她太沉默寡言，沒有繼續追問下去。

船在海上行駛了一天一夜，完全沒有休息，在翌日早晨進入了浮濠港。前往雁國的帆船已經早一步抵達海港，正靜靜地停泊在碼頭。船員讓陽子工作到最後一刻，帆船沒有靠岸，直接停在客船旁，向客船上的船員打了聲招呼，讓陽子上了船。陽子拉著客船放下的木梯上了船之後，船員丟給她一個小包裹。

「是饅頭，留著在船上吃。」

讓陽子上船的船員說完，向她揮了揮手。陽子抱著包裹，也對他揮手。

「謝謝。」

「辛苦了，路上小心。」

大笑著拉起防舷材——剛才是由陽子放進水裡——的那幾個男人，成為陽子在巧國最後遇見的人。

名為青海的內海遼闊，看不到對岸，站在甲板上，飄來海水的味道，和普通的海沒什麼兩樣。從浮濠出發的帆船穿越這片明亮的藍色大海，筆直向對岸的烏號前進。從浮濠出發後，經過三天兩夜，終於抵達了烏號。

4

最初看到雁國的海岸，和巧國的海岸似乎沒什麼不同。

隨著船隻慢慢靠近，漸漸發現了不同。這裡的碼頭整備完善，背後是一個巨大的城鎮。烏號比陽子之前在巧國看到的任何一個城鎮更大，除了沒有高樓以外，和陽子在故國看過的都市景象並沒有太大的差別。聚集在甲板上的旅客中，可能也有不少人第一次看到烏號，和陽子一樣張大了眼睛，令她印象特別深刻。

港口和後方的烏號被ㄇ字形的城牆隔開，整個城鎮的地勢面向正前方的山緩緩上升，和遠處建築物上色彩鮮豔的裝飾交織在一起，醞釀出一片寧靜的玫瑰色。城鎮的外圍和中央有不少高大的石造建築，其中有一棟一看就知道是鐘樓的建築，讓正在眺望這片景色的陽子張大了眼睛。

港口本身也整備完善，和阿岸有著天壤之別。

阿岸停泊在港口的船隻數量和此處無法相提並論，整個海港朝氣蓬勃。桅杆林立，折起的白色和淡紅棕色船帆點綴的景象美不勝收。陽子終於逃離苦難的國家來到這裡，覺得簡直是全世界最光明的景象。

下了船，立刻陷入一片喧囂之中。到處都看到男人們忙碌地工作，小孩子奔來跑去，不知道在忙什麼，隨處可聽到叫賣的聲音和鼎沸的人聲，充滿活力的節奏。

陽子在下船時就巡視著眼前的這片紛亂，覺得這個城鎮讓人心情開朗。來來去去的每個人臉上都帶著朝氣，陽子臉上應該也有相同的神情。

當陽子站在碼頭時，突然聽到有人叫她。

「陽子？」

聽到這個原以為再也聽不到的聲音，她驚訝地回頭一看，發現了一身灰棕色毛皮的樂俊站在那裡，細細的鬍鬚在陽光下閃著銀光。

「……樂俊。」

老鼠撥開人群，來到陽子身邊，用粉紅色的小手拉著一臉茫然的陽子。

「太好了，妳終於平安到達了。」

「……為什麼？」

「因為只要從阿岸搭船，一定會到烏號，所以我在這裡等妳。」

「等我？」

樂俊點了點頭，拉著愣在那裡的陽子的手。

「俺在阿岸等了一陣子，但一直沒等到妳，俺以為妳先來這裡了。來到這裡之後，發現妳似乎還沒到，於是俺就想，每次有船到的時候，俺就來看看，應該可以找到妳。只不過沒想到等了這麼久，俺還有點擔心呢。」

老鼠說完，抬頭看著陽子笑了起來。

「為什麼要等我？」

樂俊彎著身體，低下了頭。

「都怪俺太不長心眼了。俺應該把錢交給妳，或是至少把一半的錢拿給妳。妳來這裡吃了不少苦吧？真對不起。」

「我……當初拋下你，自己逃走了啊？」

「這也是俺的錯，俺真是太不中用了。」

老鼠說完笑了笑。

「妳當然應該逃走，不然被衛兵抓住怎麼辦？俺應該把錢包交給妳，叫妳趕快逃走，但俺昏過去了。」
「……樂俊……」
「俺一直很擔心，不知道妳之後怎麼樣了，幸好妳平安無事。」
「我並不是在情非得已的情況下拋棄你。」
「是嗎？」
「是啊。我害怕有人同行，不願意相信任何人，我以為這裡的人統統都是敵人。所以——」
樂俊抖了抖鬍鬚說：
「妳現在仍然把俺當成是敵人嗎？」
陽子搖了搖頭。
「那就夠了，我們走吧。」
「我背叛了你，你不恨我嗎？」
「雖然俺覺得妳很笨，但並不會恨妳。」
「我曾經想回去殺死你。」
拉著陽子的手準備上路的樂俊停下了腳步。
「陽子，妳聽俺說……」

「……嗯。」

「不瞞妳說，在發現妳丟下俺離開時，的確有一點失望，真的只有一點點。俺知道妳不相信俺，也知道妳整天提心吊膽，不知道俺會對妳做什麼，但俺一直以為日久見人心，所以，在妳離開時，俺知道妳果然不相信俺，忍不住有點沮喪，現在妳既然已經知道了，什麼事都沒了。」

「事情不是這麼簡單，你根本不應該理我。」

「那是俺的自由。俺希望妳相信俺，所以，妳相信俺，俺就覺得高興；妳不相信俺，俺就很難過，這是俺的問題。相不相信俺都是妳的自由，也許妳相信俺對妳比較有利，也許反而會吃虧，但這是妳的問題。」

陽子低下了頭。

「樂俊……你太了不起了……」

「喂，喂，妳突然怎麼了？」

「如果是我，一定會很傷心，覺得我在這裡沒朋友。」

「陽子。」

樂俊用小手拉著陽子的手。

「我真的太自私了……」

「不是的。」

「當然是。」

「陽子，不是妳想的這樣。俺並沒有在人生地不熟的地方流浪，也沒有被人追捕。」

陽子目不轉睛地端詳著抬頭仰望自己的樂俊良久，樂俊笑了起來。

「陽子，妳很努力，妳越來越出色了。」

「啊？」

「妳一走下船，俺就立刻發現了，讓人無法忽略妳。」

「——我嗎？」

「嗯。走吧。」

「走？要去哪裡？」

「去找縣正啊。只要去申報妳是海客，就會得到很多協助。如果俺們要去拜訪高官，也會幫俺們寫信。因為妳遲遲沒來，俺四處打聽了一下，也去了公所，所以已經打聽好這些消息了。」

「你太厲害了……」

陽子覺得一道又一道的門在她眼前打開。

5

「這裡好熱鬧……」

街道上熙來攘往，店門前招攬生意的聲音，讓整個街道顯得更加熱鬧。

「是不是有點嚇到？」

「嗯。」

「雖然之前就聽說雁國繁榮富強，但實際看到烏號，還是會嚇一跳。」

陽子點了點頭，這裡的街道都很寬敞，整個城鎮的規模也很大。周圍的城牆厚達十公尺，走進城鎮後，發現城牆從內側挖空，在城牆下經營商店，有點像日本高架橋下商店街的感覺。

建築物都是三層樓的木造房子，天花板很高，窗戶上都裝了玻璃。走在街上時，不時見到用紅磚和石頭建造的高大建築物，不完全像是中國風格，散發出一種奇妙的感覺。

馬路上都鋪著石板，兩側都有下水道，有公園，有廣場，都是在巧國不曾見過的。

「來到這裡後，我覺得自己是十足的鄉巴佬。」

陽子環視周圍後說，樂俊笑了起來。

「俺也這麼覺得，但俺本來就是鄉巴佬。」

「原來城牆有好幾層。」

「嗯？」

陽子指著街道上到處可以看到的高牆。

「——喔，正確地說，城鎮外側的牆稱為城郭，內側的牆稱為城牆。巧國很少城市有城郭，但那應該是城郭吧，可能是城鎮規模變大之後留下來的。」

「……是喔。」

來自慶國的難民都住在城牆下和廣場上，但都搭著規格相同的小帳篷，並不會覺得很混亂。樂俊告訴她，那些帳篷應該都是公所配發的。

「這裡是州都嗎？」

「不，是鄉都。」

「鄉比州小一級？」

「不，小兩級。從二十五戶的里開始，依次是族、黨、縣、鄉、郡和州，郡是有五萬戶的行政區。」

「一個州有幾個郡？」
「不同的州不一樣。」
「這裡是鄉都的話，郡都和州都更大嗎？」
郡和州只是公所的名字，郡公所所在的地方稱為郡都，或郡城。五萬戶的郡指的是行政劃分的問題，並不一定真的有五萬戶住在那裡。通常族里比里大，郡都比鄉都大，州都又比郡都更大。
「為什麼雁國和巧國會有這麼大的差別？」
樂俊苦笑著回答：
「因為君王的程度不同吧。」
「程度不同？」
陽子轉過頭，樂俊點了點頭。
「當今的延王被稱為稀世的明君，治世已經有五百年，才剛治理國家五十多年的塙王當然無法和他相比。」
陽子眨了眨眼睛。
「五……百年？」
「延王治世的時間僅次於奏國的宗王，治世越久，越是好君王。聽說奏國也是一個繁榮昌盛的國家。」
「一個君王……五百年？」
「當然啊。君王是神，不是人，上天把符合君王能力的國家交給他，所以，越是有能力的君王，治世的時間越長。」
「是喔……」
「換君王時，國家就會動亂，有好君王的國家都很富足。延王是進行了各種改革的能幹君王。說到明君，宗王也是明君，奏國國泰民安，雁國活力十足。」
「的確很有活力。」
「對吧——啊，那裡就是鄉。」
樂俊指著一棟紅磚建造的巨大建築物說，雖然外牆和屋簷很有中國風格，但整棟房子應該算是西洋建築。內部裝潢也和外觀一樣，充分融合了西式和中式的特色。
走出鄉公所後，陽子一開口就說：
「也未免太好了吧。」
樂俊也點了點頭。
「是啊，俺知道巧國對海客很嚴苛，沒想到和雁國之間有這麼大的差別。」

陽子也點了點頭，拿起剛才在公所領到的木牌子。木牌正面蓋著紅印，還有用毛筆寫的「貞州白郡首陽鄉烏號公所核准」這幾個字，背面寫著陽子的名字，這塊木牌就是她的身分證。

剛才在鄉公所內，一名官差問了陽子的名字、在故國的住址和職業等基本資料後，交給她這塊木牌。最令人驚訝的是，官差還問了陽子郵遞區號和電話區號。

「對了，陽子，郵遞區號和電話區號是什麼？」

樂俊剛才也向官差問了相同的問題，但官差似乎也搞不懂，只說了一句：「這是規定」，打開一本書。陽子偷偷地瞄了一眼那本線裝書，看到上面有木版印刷的文字和數字。官差確認之後，給了她這塊木牌。

「郵遞區號是寫信時的地址所屬的號碼，電話區號就是打電話時用的號碼。」

「電話？」

「就是可以把人聲音傳到遠方，直接和遠方的人說話的工具。」

「倭有這樣的東西嗎？但是，官差為什麼問妳這種事？」

樂俊吹動著鬍鬚問道。

「他可能不知道我到底是不是倭的人吧，要確認我是否真的是海客，否則搞不好會有很多假海客。」

陽子笑著把木牌拿給樂俊。

「那倒是。」

這塊木牌可以證明陽子的身分，有效期只有三年，必須在三年之內，決定日後的生活方式，決定取得正式戶籍的地方。

在接受保護的三年期間，可以免費使用公共的學校和醫院。不僅如此，只要去在這裡稱為界身的銀行，還可以支領一定額度的生活費。

「這個國家太了不起了。」

「沒錯。」

他們深刻體會到巧國有多麼貧窮，雁國有多麼富裕。

除此以外，他們還透過這塊木牌發現，延王絕對不是一個拒人千里的君王。樂俊之前說，可以請求延王的幫助，陽子曾經對此存疑，雖然現在仍然抱著很大的疑問，但漸漸相信應該不會斷然遭到拒絕，或是因此受到處罰。

6

正如樂俊說的，在路上遇到不少怪獸。在擁擠的人群中看到怪獸用兩隻腳走路時令人不禁莞爾，甚至有怪獸穿著人類的衣服走在街上，更令陽子忍不住笑了起來。

樂俊在等待陽子期間都在碼頭工作，工作內容是幫忙清理打掃入港的船隻，但牠說起這件事時神采飛揚，眉飛色舞。

見到陽子後，樂俊辭去了第一次找到的工作。陽子說，可以繼續留在烏號，等牠的工作告一段落再離開，但樂俊說，當初就說好只是在等人期間在那裡打工，所以沒有關係。

船到之後的翌日，他們就離開了烏號，出發前往關弓。陽子領到了雖稱不上高額，但也絕對不算少的補助金，所以這趟旅行時，手頭已很寬裕。他們白天在幹道上趕路，夜晚進入城鎮投宿。雁國的每個城鎮都很大，即使是相同費用的旅店，設備也比巧國好很多。他們在傍晚時分進入城鎮投宿，夜晚逛街參觀，樂俊很喜歡四處逛街看看。

這趟旅程很平靜。如今已經沒有追兵在追捕陽子，看到衛兵也不需要膽戰心驚，她花了一點時間才適應這種情況。入夜之後，他們就沒有出過城，所以對實際情況不太瞭解，但聽說即使夜晚走在路上，也幾乎不會遇到妖魔。

在離開烏號的第十一天，往關弓的旅程剛走完三分之一，趁陽子洗澡時外出散步的樂俊，打聽到有關海客的消息。

雖然樂俊對陽子說，既然已經到了雁國，她可以穿得更花俏一點，但陽子仍然整天穿著男人的衣服——在這裡似乎叫袍子。因為這樣比較輕鬆，一旦穿習慣之後，就無意再穿回女人的長衣。

於是，旅店的人理所當然地把她當成少年，雁國的旅店有浴池，有點像三溫暖般的大浴池，但她不好意思去那裡，只好在房間用熱水洗澡。由於他們有充足的盤纏，住宿時都訂了房間，但覺得一人一房太浪費，所以兩個人合睡同一個房間，只不過陽子每次洗澡，樂俊都要迴避，搞不好樂俊覺得有點麻煩。

陽子用臉盆洗了頭髮。來到這裡不久時達姊就幫她染了頭髮，至今已經過了很久，頭髮也變長了。達姊當時是用院子裡的草根幫她染頭髮，她也找了類似的草，自己試著染了多次，但不知道是草的種類不對，還是染法有誤，之後染的部分每次洗頭，就會褪色。如今，她一頭和原本顏色相差無幾的紅髮，但即使是這麼奇妙顏色的頭髮，她也已經習慣了。

在照鏡子時，她仍然有點無法適應，卻不至於不敢正視。她確認著正在逐漸適應這裡環境的自己，洗完身體後，換上了乾淨衣服。

這時，樂俊剛好回來，告訴她有關海客的消息。

「聽說前面有一個叫芳陵的鄉城住了一個海客。」

陽子抬眼看了一下，立刻再度垂下雙眼。

「……是喔。」

她並不是很想見那個海客，但也不是完全不想見，只是如果見到同胞之後感到失望，反而更痛苦。

「那個人叫壁落人。」

「壁、落人？」

「對，聽說是庠序的老師。」

可見並不是那個老人。陽子心想。即使不需要仔細想，也知道不可能是那個老人，所以陽子稍稍鬆了一口氣。

「要去見他吧？」

樂俊用毫不懷疑的眼神看著陽子。

「去見一見比較好吧。」

「要去吧？」

「是啊……」

翌日，他們暫時放棄繼續往關弓趕路，轉往芳陵，去學校找那位老師。

縣內有序學，鄉內有庠學。在雁國，除了以更高學府的上庠為目標的學生就讀的庠學以外，還設置了名為庠序的學校。他們要找的那位壁姓海客就是庠序的老師，就住在學校內。樂俊說，貿然登門造訪很不禮貌，所以事先寄了信，按正統的方式請求面會。

翌日早晨，落人的回信送到了他們所住的旅店。他們跟著信差一起前往學校。

芳陵的學校位在城牆內，是典型的中國式建築，有著很大的庭院，感覺不像學校，反而更像是富豪的住家。

信差帶他們來到涼亭，不一會兒，落人就出現了。

「讓兩位久等了，我是壁落人。」

難以分辨他的年齡，估計在三十至五十之間。陽子既覺得他很年輕，又覺得有點年紀了，沒有皺紋的臉上露出溫和的笑容。陽子覺得他和那個叫松山誠三的老人感覺完全不一樣。

「請問寫信給我的是哪一位？」

樂俊回答。

「是俺……不，是我，感謝您在百忙之中撥冗前來。」

落人露出靜靜的笑容。

「請坐。」

「是……」

樂俊輕輕抓了抓耳朵下方，回頭看著陽子。

「她是海客。」

落人聽了，立刻有了反應。

「喔，原來如此，但是她看起來不像海客。」

他看著陽子。

「……是嗎？」

他露出微笑。

「至少我以前在日本時，沒有看過頭髮是這種顏色的人。」

「啊……」

他露出探詢的眼神，陽子向他說明了來龍去脈。來這裡之後，不知道為什麼，發生了各種改變。

不光是頭髮的顏色，長相、身體和聲音都和以前不一樣了。

落人聽完之後，點了點頭。

「那妳應該是胎果。」

「我？我是胎果？」

陽子張大了眼睛。

「發生蝕的時候，這裡和那裡產生了交集，有人過來，卵果去了那裡。」

「我不太懂您這句話的意思。」

「有人被捲入蝕，來到這個世界。相反地，也有卵果漂流到那裡。卵果有點像胎兒，漂流到那裡的母親胎內，用這種方式出生的人稱為胎果。」

「我……是那個？」

落人點了點頭。

「胎果原本屬於這裡，妳目前的樣子就是天帝賦予妳的原本樣子。」

「但是，我在那裡的時候……」

「妳目前這種樣子在那裡出生的話，恐怕會引起騷動，那時候應該長得像父母吧。」

「對，大家都說我長得像奶奶。」

「其實那就像是外殼。在胎內的時候逐漸形成這種殼，讓妳即使在出生之後，也不會引起任何問題。聽說胎果會以這種方式改變外形。」

陽子無法立刻接受他說的話。

突然聽說自己是異邦人，當然不可能輕易接受。

但是，她在內心深處也不由得覺得言之有理。

自己不是那個世界的人，所以，在那裡找不到自己的歸宿——這種想法給她帶來了極大的安慰，但在得到安慰的同時，也感到悲哀。

7

陽子茫然地思考著自己和世界的問題，然後突然看著落人問：

「老師，您也是胎果嗎？」

他搖了搖頭笑了起來。

「我只是海客而已，老家在靜岡，讀了東大，在二十二歲時來到這裡。我想要離開安田講堂，躲在桌子下，結果就來到這裡了。」

「安田……」

「啊，妳不知道嗎？雖然當時很轟動，原來並沒有在歷史上留下紀錄。」

「我太才疏學淺……」

「我也一樣。那是昭和四十四年（一九六九年）一月十七日，天才剛黑，之後的事，我就一無所知了。」

「……那時候我還沒出生。」

落人苦笑了起來。

「這麼久了嗎？原來我已經在這裡過了這麼多年。」

「之後您一直在這裡嗎？」

「是啊。當時我漂流到慶國，又從慶國輾轉來到雁國各地，六年之前，終於在這裡落腳。在這裡教處世……類似生活科學的知識。」

他笑了笑，然後搖著頭說：

「說這些沒有意義——你們想瞭解什麼？」

陽子直截了當地問了一個問題。
「有回去的方法嗎？」
落人停頓了一下，壓低嗓門說：
「……人無法穿越虛海，這裡和那裡是單行道，只能來，不能去。」
陽子嘆了一口氣。
「……是嗎？」
她並沒有太受打擊。
「對不起，沒有幫上妳的忙。」
「不……還有另一件很奇怪的事，我可以向您請教嗎？」
「請說。」
「我可以聽懂這裡的話。」
落人偏著頭感到不解。
「我原本並沒有發現這裡和那裡的語言不一樣，一直以為是日語，只有一些特殊的語言聽不太懂。在巧國遇到一位也是海客的爺爺，才知道這裡說的並不是日語。別人也可以聽懂我說的話，雖然我只會說日語……這到底是怎麼一回事？」
落人用探詢的眼神看著樂俊，樂俊點頭表示同意後，他又想了一下。

「……看來妳不是人。」
我就知道。陽子心想。
「我剛來這裡時，因為語言不通吃了不少苦。我原本以為這裡說的是中文，但他們完全聽不懂我會說的簡單中文，所以起初幾年都必須靠筆談的方式溝通。用漢字勉強可以溝通，但這裡的漢字也很奇怪，第一年真的吃盡了苦頭。來這裡的每個人都一樣，胎果也不例外。我個人在研究海客，但至今為止，從來沒有海客不曾遇到語言的問題，所以我認為妳不是普通的海客。」
陽子悄悄握住自己的手腕，落人又繼續說了下去：
「聽說只有妖族和神仙不會有語言的障礙。既然妳從來沒有遇到過語言的問題，就代表妳不是人類，應該是妖或是神仙，或者是與之相當的族群。」
「妖……也有胎果嗎？」
落人點了點頭，他的臉上依然帶著笑容。
「雖然我沒聽說過，但並非不可能。果真如此的話，妳就有解決的途徑了，也許妳可以回去。」
陽子抬起頭。
「……真的嗎？」

「不管是妖還是神仙，都可以穿越虛海。我無法穿越虛海，所以再也回不去了，但妳不一樣，妳去求見延王吧。」

「只要見到延王，他就願意協助我嗎？」

「雖然不是一件容易的事，至少值得一試。」

「……是啊。」

說完，陽子低頭看著地上。

「是喔，原來我果然不是人。」

她發出輕笑聲，樂俊語帶責備地叫了一聲：

「陽子！」

陽子捲起袖子，露出右手。

「我一直覺得很奇怪，之前手掌上受了傷，是來到這裡之後，被妖魔攻擊時受的傷，整個手掌都被刺穿了，傷口很深，但現在幾乎都癒合了。」

樂俊踮著腳，探頭看著陽子輕輕舉起的手掌，抖了抖鬍鬚。那是樂俊之前為她治療的傷口，牠可以證明當時傷口有多深。

「全身上下還有很多傷，現在已經找不到那些傷口了。而且，那些都是受到妖魔攻擊後留下的傷，傷勢卻並不嚴重，即使被咬了，也只是留下齒痕而已，我的體質似乎變得不容易受傷了。」

陽子笑了起來。自己不是人這件事讓她忍不住發笑。

「應該因為我是妖吧，難怪妖魔會來攻擊我。」

「妖魔攻擊妳？」

落人皺著眉頭，回答的是樂俊。

「好像是這樣。」

「怎麼可能有這種荒唐事？」

「俺原本也不太相信，但聽說陽子無論去哪裡，都會遇到妖魔。俺也親眼看到她被蠱雕攻擊。」

落人輕輕按著額頭。

「聽說巧國經常有妖魔出沒……原來和她有關？」

樂俊顧忌地看著陽子，陽子點了點頭，接下去說：

「應該是。我之所以會來這裡，也是因為受到蠱雕的攻擊逃過來的。」

「受到蠱雕的攻擊逃過來？從那裡逃來這裡？」

「對，名叫景麒的人……我猜想他應該也是妖魔。他說，如果我想活命，就必須來這裡，所以我就被他帶來這裡了。」

「……他目前人在哪裡？」

「不知道。來這裡後，立刻遭到妖魔的埋伏，所以就和他走失了，之後就沒再見過面，搞不好他已經死了。」

落人摸著額頭沉思了很久。

「……不可能，難以想像。」

「樂俊也這麼說。」

「妖魔和猛獸一樣，會攻擊人群，但並不會攻擊某個特定的人物，更何況是特地渡過虛海去找妳。動物不可能做這種事，就好像老虎不可能這麼做一樣。」

「會不會有人馴服了老虎，利用了牠呢？」

「不可能對妖魔做這種事，陽子，這件事非同小可。」

「……是嗎？」

「無論是因為妖魔基於某種變化，或是某種原因攻擊妳，或是有人找到了操控妖魔的方法……如果這種情況繼續下去，會發生最糟糕的情況，國家會滅亡。」

落人說完，看著陽子。

「如果妳是妖，事情就比較簡單了。雖然我沒有聽說過妖族之間內訌之類的事，但妖族一旦飢餓，就會自相殘殺。不過……」

「陽子看起來不像是妖魔。」

樂俊說，落人也點了點頭。

「雖然有妖魔能夠以人形現身，但不可能變得這麼完美，而且，竟然連自己都不知道自己是妖魔。」

「我並不是完全沒有自覺。」

陽子苦笑著，落人搖了搖頭。

「不，妳不是。妳不是妖魔——不可能。」

落人說完，站了起來。

「妳去找延王。我也可以向官差通報，但你們直接去關弓比較快。你們直接去玄英宮，把剛才對我說的情況告訴他們。妳是眼前這種事態的關鍵，延王一定會召見妳。」

陽子也站了起來，深深地鞠了一躬。

「謝謝你。」

「你們現在出發，傍晚就可以到下一個城鎮。你們的行李還放在旅店嗎？」

「不，都帶在身上。」

「那我送你們去城門。」

落人一路送他們到城門。

「雖然幫不上什麼大忙，但我也會寫書狀為妳奔走。在搞清楚發生了什麼狀況之前，妳或許無法脫身，但事情解決之後，延王一定會讓妳回去。」

陽子看著落人。

「那你呢？」

「我？」

「你不想拜託延王讓你回去嗎？」

陽子問，落人苦笑著說：

「我的身分無法求見君王，堂堂的一國之君不可能召見一個普通的海客。」

「但是……」

「不……如果真心求見，或許可以見到，只是我並沒有太大的興趣。」

「沒有興趣？」

「我對當時的時代感到厭倦，很高興來到一個新天地，我並未熱切地期望回到故國。當我知道見到延王之後，或許可以回去，或是找到某種解決方法時，已經適應了這裡的生活，回不回去都無所謂了。」

「我……想要回去。」

陽子嘀咕道。當她在說「想要回去」的瞬間，感到極度哀傷。

「……祝妳可以順利見到君王，我會為妳祈禱。」

「至少在走到城門之前，要不要和你聊聊日本的事？」

「不需要。」落人笑了笑。「那是我革命失敗後逃離的國家。」

第七章

十二
國記

1

他們沿途幾乎小跑著，在城門即將關閉之前，趕到了下一個城鎮。翌日在打開城門的同時，立刻衝了出去。陽子至今仍無法理解自己遭遇了多麼重大的事，但看到落人和樂俊臉色大變，猜想應該真的非同小可。

「真的可以見到延王嗎？」

陽子在趕路時間問道，樂俊抖了抖鬍鬚說：

「不知道，俺從來沒有求見過君王，所以不知道。即使突然想要見君王，恐怕也沒辦法吧。」

「那怎麼辦？」

「去了關弓，應該會有鄉和縣——俺們可以先求見台輔。」

「台輔？」

樂俊點了點頭，用前肢在半空中寫了字。

「宰輔稱為台輔，算是一種尊稱吧。關弓屬於靖州，靖州的州侯是台輔。」

陽子目不轉睛地看著樂俊剛才寫字的地方。

「……我曾經聽過。」

她曾經在哪裡聽過「台輔」這兩個字。

「聽過也很正常啊。」

「不，應該是在那裡聽過。」

那是很久以前聽過的字眼。想到這裡，突然回想起那個叫「台輔」的聲音。

「喔，我知道了，有人這麼叫景麒。」

樂俊驚訝地眨著一雙黑眼睛。

「台輔？景麒？」

「嗯，就是帶我來這裡的人，給我這把劍……」

陽子笑了笑。

「他好像是我的僕人，因為他叫我主人，只是他的態度很傲慢。」

「……等一下。」

樂俊慌忙舉起手，尾巴也翹了起來，似乎要制止陽子。

「妳說他叫景麒？別人叫他台輔？」

「是啊，你認識他？」

陽子問，樂俊拚命搖著頭，然後鬍鬚上下抖動了好幾次，似乎有點百思不解。

「妳是景麒的主人……」

那真的是很久以前的事了。陽子心想。

陽子好像翻相簿似的回想起很多往事，好一會兒都沒有說話。當她猛然回過神時，發現樂俊在距離她兩、三步的地方仰頭看著她，似乎感到不知所措。

「怎麼了嗎？」

「……對。」

陽子偏著頭納悶，樂俊仰頭看著她，小聲嘀咕說：

「如果別人叫景麒台輔，那他就是景台輔……」

「所以呢？」

樂俊一臉呆滯，陽子感到很奇怪。

「景麒是景台輔的話，有什麼問題嗎？」

樂俊坐在路旁，向陽子招了招手。當陽子坐在牠旁邊後，牠又仰頭端詳著陽子。

「景麒怎麼了？他有什麼問題嗎？」

「……陽子，這件事非同小可。」

「我不懂。」

「俺慢慢解釋給妳聽，妳要冷靜地聽我說。」

陽子內心緩緩產生了不安，她點了點頭，回望著樂俊。

「如果妳早說台輔的事，事情就簡單多了，妳也不必受這麼多苦了。」

「樂俊，我聽不懂你在說什麼。」

「只有宰輔會被稱為台輔，而且他的名字叫景麒，所以，一定就是景台輔，不可能是其他人。」

「嗯，所以呢？」

樂俊抖了抖鬍鬚，伸出短小的前肢，想要摸陽子的手，但隨即改變了主意，收起了前肢。

「所以，他不是人，也不是妖……而是麒麟。」

「麒麟？」

「麒麟。麒麟是最高等級的靈獸，平時以人形出現。台輔不是人類，必定是麒麟。景麒不是他的名字，而是名號，是慶東國的麒麟的意思。」

「嗯……」

「慶國位在青海的東岸，剛好是雁國和巧國之間，是一個氣候宜人的國家。」

「現在正處於動亂？」

樂俊點了點頭。

「君王去年駕崩了，新的君王還沒有登基。君王可以治理妖魔，鎮壓怪異，保護國家免受災難。所以，沒有君王的國家必定大亂。」

「……嗯。」

「既然景麒說妳是他的主人，妳就是景王。」

「啊？」

「慶東國的君王景王。」

陽子呆若木雞，對樂俊這番宛如天方夜譚的話不知道該如何反應。

「妳是……慶國的新王。」

「等一下……我只是普通的女高中生而已啊。或許我是胎果，但並不是這麼了不起的人物。」

「君王在登基之前只是普通人，君王和出身無關，極端地說，也和性格、外表無關，只取決於有沒有被麒麟選中而已。」

「但是……」

樂俊搖了搖頭。

「由麒麟決定君王，既然景麒挑選了妳，妳就是景王。麒麟不會服從任何人，只會叫君王主人。」

「太荒唐了……」

「天帝給了君王一根樹枝，三顆果實分別代表土地、國家和王位，土地是指地籍和戶籍，國家代表法令和法律，王位則是君王品德中的仁道——也就是麒麟。」

樂俊說話時，仍然顯得有點手足無措。

「俺終於知道妳既不是人，也不是普通胎果的原因了……妳是不是和景麒立下了什麼誓約。」

「什麼？」

「俺也不知道誓約是什麼，只知道君王是神，不是人。在和麒麟立下誓約的那個瞬間，君王就不再是人了。」

陽子努力回想，在記憶中尋找，想起自己曾經說過「准奏」這兩個字。

「……麒麟不知道說了什麼，我對他說了『准奏』這兩個字。對了，當時景麒做了很奇怪的事，之後出現了很奇怪的感覺……」

那時候好像有什麼東西竄過自己的全身，之後，辦公室的玻璃窗戶全都碎裂，許多教師都受了傷，只有陽子毫髮無傷。

「奇怪的事？」

「他跪在我面前，對我磕頭……正確地說，是他把額頭放在我的腳上……」

「那就對了！」樂俊斷言。「麒麟是高傲不恭的動物，只服從君王，絕對不會跪在君王以外的人面前。」

「但是……」

「至於詳情，妳問俺，俺也不清楚，到時候去問延王吧。俺只是區區半獸，對神的世界一無所知。」

樂俊用嚴肅的語氣說完，抬頭看著陽子。牠目不轉睛地看著陽子，難過地抖了抖鬍子。

「陽子，原來妳離俺這麼遙遠……」

「我——」

「照理說，俺根本沒有資格和妳說話，以後也不能對妳直呼其名，叫妳陽子了。」

說完，牠站了起來。

「既然這樣，最好趕快去見延王。與其趕去關弓，不如先去附近的公所通報，因為這是攸關國家的大事。」

牠背對著陽子說完，又回頭仰望著陽子。

「您長途跋涉辛苦了，接下來與其直奔關弓，不如請求官府的庇護更有效，在獲得延王的裁示之前，請您先去旅店休憩，並懇請恕俺不敬之罪。」

陽子看著牠深深鞠躬的樣子，感到難過不已。

「我就是我。」

「這怎麼行？」

「我……」陽子因為極度氣憤，聲音忍不住發抖。「我只是我，我從來不是除了我以外的任何人。不管是君王還是海客，都和我本身沒有關係，我和你一起走到這裡……」

樂俊仍然低著頭，看著牠彎著的後背，陽子感到格外難過。

「到底哪裡不一樣了？哪裡發生了變化？我把你當成朋友，如果君王的地位會讓朋友完全變了樣，那種東西，我寧願不要。」

矮小的朋友沒有回答。

「這叫做歧視。你並沒有因為我是海客而歧視我，卻因為我是君王而歧視我嗎？」

「……陽子。」

「我並沒有變得遙遠，而是你的心離我遠去了。我和你之間，不是只有短短兩步的距離嗎？」

陽子指著從自己腳到樂俊腳之間短短的距離。

樂俊抬頭看著陽子，前肢不知所措地摸著胸前的毛，抖了抖好像蠶絲般的鬍鬚。

「樂俊，我說錯了嗎？」

「……俺要走三步。」

陽子笑了起來。

「……不好意思。」

樂俊伸出前肢，輕輕摸了摸陽子的手。

「對不起。」

「不，我才要對你說對不起，把你捲入這麼莫名其妙的事。」

陽子沿途遭人追捕，既然樂俊說她是一國之王，也許真的是這樣。果真如此的話，遭到追捕的原因必定和此事有某種關聯。

樂俊的黑色眼睛露出笑容。

「俺來雁國是為了自己，所以，妳不必在意我。」

「我給你帶來很多困擾。」

「哪是什麼困擾，如果俺覺得是困擾，一開始就不會要求同行了。如果覺得不高興，俺早就掉頭回家了。」

「……你還因為我受了傷。」

「俺早就猜到會遭遇麻煩和危險，但還是覺得和妳同行，對自己有幫助，所以才會跟妳來啊。」

「樂俊，你人真好。」

「也許吧，因為與其拋下妳，躲去一個沒有任何危險的地方，不如和妳一起去一個危險的地方，讓我覺得自己更有價值。」

「但你沒有料想到會這麼危險吧？」

「即使是這樣，也是俺自己評估不足，是俺自身的問題，不是妳的過錯。」

陽子不知道該說什麼，只好點點頭。

她握住樂俊的小手，內心充滿歉意。

藏匿海客不知道會不會被追究罪責？那些妖魔的追兵，會不會在陽子離開後攻擊樂俊的家？樂俊在離家時對母親說：「娘，您這麼能幹，一個人在家也沒問題吧？」是不是在暗示牠母親，可能會有追兵出現，或是其他困難襲擊她？

陽子伸出手，緊緊抱著樂俊一身蓬鬆毛皮的身體。「哇哇哇！」樂俊驚叫起來，但陽子不理會牠，把臉埋進牠灰棕色的毛皮。果然如之前所想像的，那身毛皮極其柔軟。

「真的很對不起，把你也捲進這些是非。謝謝你。」

「陽子。」

陽子這才鬆開驚慌失措的樂俊。
「對不起。因為……我有點感動。」
「沒關係。」
樂俊尷尬地用雙手撫摸著身上的毛。
「我覺得啊，妳最好穩重一點。」
「啊？」
聽到陽子的反問，樂俊垂下鬍鬚。
「不然妳多學習一下這裡的事，嗯？」
看到樂俊一臉為難，陽子難以釋懷地點了點頭。
「嗯。」

2

樂俊一到下一個城鎮，立刻找了旅店，在旅店內寫完書狀，馬上衝向公所。
樂俊說，只要公所接受那份書狀，很快就會有回覆送至旅店。陽子仍然無法感受到事情的重要性，更遑論身為君王的自覺，全身上下應該都擠不出半點這種自覺，但她並沒有阻止樂俊的行動，只是聽從樂俊所說的，乖乖地等待消息。

「要等多長時間？」

「不知道。俺只是把來龍去脈寫了下來，要求謁見宰輔，不知道多久可以送到宰輔的手上，俺對這件事毫無經驗，所以真的沒辦法預測。」

「不能去找官差，拜託他這件事嗎？」

聽到陽子的問題，樂俊笑了起來。

「即使這麼做，八成會被打出來啊。」

「如果他們看了書狀後，仍然不予理會呢？」

「那俺就一直上書，直到他們接見俺們。」

「真的要做這麼麻煩的事嗎？」

「因為別無他法。」

「感覺好像會等很久。」

「沒辦法，畢竟俺們要謁見的人高高在上。」

「是喔。」

陽子對自己身處這起重大事件的漩渦中，有一種奇妙的感覺。

走出公所——這裡的是黨公所——之後，樂俊沒有走回旅店，而是指向廣場的方向。

「什麼？」

「我帶妳去見識一下有趣的事，妳一定會覺得很稀奇。」

公所位在城鎮深處的廣場旁，樂俊穿越了廣場，陽子納悶地跟在牠身後，發現樂俊直直走向正前方的一棟白色建築物。金色和五彩浮雕的白色石牆光彩奪目，青釉的屋瓦賞心悅目。這裡的地名叫「容昌」，建築物的大門上方掛著寫有「容昌祠」三個字的匾額。之前去過的每個地方，都見過這種成為城鎮中心的設施。

「這裡嗎？」

「就是這裡。」

「上面寫著『祠』，所以是祭祀神明的地方——天帝嗎？」

「妳看了就知道了。」

樂俊露齒一笑，走進了大門。門口站了衛兵，樂俊說想進去參觀，衛兵要求他們出示身分證。

走進大門，是一個狹小的庭院，可看到後方那棟很大的建築物。走進雕刻精細的大門，是一間縱向很長的大房間。

建築物內彌漫著靜謐的氣氛。大房間正前方的牆上有好像大窗戶般的四方形大洞，可以看見後方的中庭。

窗戶四周設置了祭壇，上方供奉了許多鮮花、燈火和供品，四、五名男女正面對窗戶虔誠祈禱。

照理說，祈禱的對象應該在祭壇的中央，但祭壇中央只有窗戶而已，難道是對著窗外的風景祈禱？窗外可以看到中庭和位於中庭中央的一棵樹。

「那是……」

樂俊對著祭壇輕輕合掌，然後拉著陽子的手走向右側。祭壇正前方的牆壁左右，有通往更後方的寬敞迴廊。來到迴廊時，可以看到鋪著白色碎石的中庭，陽子看到中庭的東西，忍不住目瞪口呆。

那是一棵白色的樹。陽子在山中流浪時，經常在這些奇妙的樹下棲息。眼前的這棵樹比在山上看到的更大，但高度相差無幾。樹枝伸展開，讓整棵樹直徑有二十公尺左右，樹枝的最高處差不多兩公尺，最低處幾乎碰到了地面。樹上只有白色樹枝，沒有葉子，也沒有花，有些地方綁著像緞帶般的細帶子，那裡長出了幾個黃色的樹果。在山上看到的樹果很小，這裡的某些樹果差不多要一個人張開雙手才能抱住。

「樂俊，這是……」

「這是里樹。」

「里樹？就是會結卵果的里樹？」

「對。小孩子就在那些黃色果實中。」

「是喔……」

陽子呆呆地看著那棵樹，難怪在故國從來沒有見過這種樹。

「妳就是在結成這樣的樹果時，發生了蝕，結果漂流到倭國去了。」

「好像很不真實……」

樹枝和樹果都發出宛如金屬般的光澤。

「想要孩子的夫妻一起來里祠，奉上供品後，祈求天帝賜予兒女，然後把細帶綁在樹枝上。天帝聽到祈求後，就會讓綁了細帶的樹枝上結果。樹果要經過十個月才成熟，父母去摘採時就會落下，把摘下的卵果放置一個晚上，樹果就會裂開，小孩子就出生了。」

「所以，那些樹果並不是隨便長出來，而是父母祈求之後，才會結果。」

「對啊，有些父母無論怎麼祈求，都等不到兒女，也有些父母很快就得到了。天帝會判斷那對夫妻是否有資格做父母。」

「我也一樣嗎？原來我的父母也曾經在我的樹枝上綁帶子。」

「對啊，當他們發現卵果不見了，一定很失望。」

「不知道有沒有方法可以找到他們。」

「這俺就不清楚了，查黃曆也許能查到，可以推算出妳漂走的時間，再找出當時剛好發生蝕的地點，調查漂走的卵果數量——但恐怕很困難吧。」

「是啊。」

如果可以找到，陽子很想見識一下到底是怎樣的人。原來這裡有人祈願自己誕生到這個世界，這件事終於讓陽子接受了自己的身世。陽子應該在這裡出生，在這個被虛海環抱的世界的某個地方。

「小孩子都長得像父母嗎？」

「小孩子長得像父母？為什麼？」

看到樂俊滿臉納悶地問，陽子苦笑起來。在這裡，外形是人類的母親可以生下一個老鼠兒子，兒女和父母之間應該沒有任何遺傳的關係。

「在那裡，兒女通常長得像父母。」

「是喔，真奇怪啊，這樣不會覺得很噁心嗎？」

「會噁心嗎？還好吧？」

「同一個家裡有長得和自己很像的人，不覺得噁心嗎？」

「仔細想一想，好像的確有點。」

一對年輕男女走進中庭，相互討論了幾句，指著樹枝相互咬著耳朵，把漂亮的細帶子綁在東挑西選了很久才決定的樹枝上。

「那條細帶上的圖案都是夫妻自己繡的，他們會想著即將出生的孩子，挑選喜慶的圖案，用心一針一線地刺繡。」

「……是喔。」

陽子覺得這是一個充滿溫馨的習俗。

「我在山裡也看過這種樹……」

樂俊仰頭看著陽子。

「野樹嗎？」

「原來那叫野樹，上面也結了果實。」

「野樹有兩種，一種是長草木的，另一種長野獸。」

陽子瞪大眼睛，回頭看著樂俊。

「草木和動物都是樹上長出來的？」

樂俊點了點頭。

「當然啊，如果不是樹上長出來的，要從哪裡來？」

「……呃。」

既然小孩子是樹上長出來的，動物和植物如果不是從樹上長出來，似乎也不合邏輯。

「家畜也是從樹上長出來的，主人來這裡祈求，但祈求家畜有特別的日子和特別的方法，草木和山上的野獸都是自己長出來的，成熟之後，草木就會結出種子，鳥類的果實變成雛鳥，野獸的果實就變成小獸。」

「種子的話問題不大，雛鳥和小獸生下來不會很危險嗎？雛鳥會不會很快就被其他動物吃掉？」

「雖然有些動物的父母會去迎接新生命，但通常在能夠獨立生活之前，都會在樹下生活，所以，那些樹的形狀會讓其他野獸無法靠近。天敵的野獸不會在同一個時期出生，而且再凶猛的野獸在樹下期間，都不會打架。也因為這個原因，無法在傍晚進城的人就會去山裡找野樹，他們都知道野樹下很安全。」

「……原來是這樣。」

「相反的，即使是再危險的野獸幼獸，也不能在可以看見野樹的地方追捕或獵殺，這是絕對的規矩。」

「原來是這樣……所以，雞蛋孵不出小雞。」

樂俊露出極其厭惡的表情。

「如果裡面有小雞，要怎麼吃啊？」

陽子輕輕笑了起來。

「……嗯，你說的有道理。」

「聽妳說那裡的情況，覺得好像是一個很可怕的地方。」

「也許吧——那妖魔呢？妖魔也是從樹上長出來的嗎？」

「當然應該是這樣啊，只是從來沒有人看過會長出妖魔的樹，聽說妖魔在某個地方有巢穴，一定是長在那裡。」

「是喔……」

陽子點了點頭，突然產生了一個疑問，但這個問題太沒禮貌了，所以她沒有問出口。既然這裡有妓院，應該就是這麼一回事吧。

「妳怎麼了？」

「沒事，謝謝你帶我來，我很開心。」

看到陽子露出笑容，樂俊也跟著笑了。

「那太好了。」

中庭那對年輕的夫妻仍然對著樹枝合掌祈求。

3

走出里祠後，他們在街上走了一小段路，回到了旅店。這是家小旅店，當初挑選旅店時，樂俊主張挑選更好一點的，但陽子覺得太浪費了。

「景王怎麼可以住這麼廉價的旅店？」

「只有你一個人說我是景王，因為你是我朋友，所以我相信你說的話，但並不代表我認為是真的。」

「本來就是真的啊。」

「即使是真的，也和住宿沒有關係。」

「……俺說陽子啊。」

「我身上的盤纏只住得起這種程度的旅店，在接到公所的通知之前，不知道需要等多久，如果搬去高級旅店，又等了很久，到時候就付不出錢了。」

「妳是景王，怎麼可能付不出錢？況且，哪家旅店的老闆會向君王收錢？」

「如果是這樣，更應該住在這裡。住宿卻不付錢太不公平了，更何況我討厭一開始就打這種主意。」

他們在爭論之後選擇的這家旅店，算是下等中的上等。雖然房間只有兩坪大，但有兩張床，有一個面向中庭的窗戶，窗邊還有一張小桌子。能夠自己花錢住在這種房間，對陽子來說，已經是最大的奢侈。

從里祠回來時，已經傍晚了，陽子在房間內洗了澡，換好衣服後，洗了之前穿過的衣服。如今每天都可以洗澡、更衣，她已別無奢求。

她下樓來到食堂，和在那裡等候的樂俊一起吃晚餐。現在不必像以前一樣站在路邊攤上吃，而是可以在食堂坐下來吃飯，這無疑也是莫大的享受。她緩緩喝著茶，正準備開口說要回房間——

這時，旅店外傳來慘叫聲。

聽到不尋常的慘叫聲，陽子立刻握住劍。劍不離身已經成為她的習慣，想改也改不了。她握著劍柄衝出門外，看到馬路對面一片混亂，遠處的街角，街上的行人紛紛抱頭鼠竄。

「——陽子！」

「該不會追來這裡了吧！」

她一直毫無理由地以為妖魔不會追來雁國，但仔細思考後，就發現這種想法完全沒有根據。

雁國的妖魔並不多，他們晚上住在旅店，只有白天趕路，當然沿途都沒有遇到妖魔，但陽子的敵人並不只是夜晚在山裡遇見的妖魔而已。也許在今天之前都沒有遭到襲擊，只是天賜的好運氣。

「樂俊，你回去旅店，不要出來。」

「但是，陽子……」

陽子很熟悉這些在路上逃竄的人群發出的慘叫聲，那是最悽慘的叫聲，只有在生命遭受威脅時才會發出這種聲音。慘叫聲中夾雜著宛如嬰兒哭泣般的聲音，陽子早就知曉，那必定是妖魔的叫聲。

她拔出手上的劍，把劍鞘塞到樂俊的手上。

「樂俊，拜託你退後。」

樂俊沒有回答，但陽子感受到原本站在旁邊的樂俊離開她的動靜。

人群一下子擠了過來，陽子看著人群後方像小山般的黑影。巨大的黑影有點像老虎，她聽到有人大叫：「是馬腹！」

陽子垂下手中的劍尖，靜靜地做好了迎戰的準備。劍身在左右店家的燈光照射下閃著光芒，逃到陽子面前的人都嚇得躲到左右兩側。

巨大的老虎推倒人群奔了過來，牠身後另一隻動物看起來像巨大的牛隻。

「兩隻……」

她的身體有點緊張。這種久違的感覺並沒有讓她害怕，而是有一種奇妙的興奮感。

在小路上逃竄的人群紛紛衝進左右兩側的店家，她和敵人之間淨空了。她稍微助跑幾步，舉起了劍。

老虎先撲了過來。她閃過跳躍後衝過來的龐大身軀，用劍尖用力插向老虎的腦袋後方。在拔劍的同時重新舉起劍，繼續揮向直直撞過來的青牛。

由於這兩隻怪獸體型都很龐大，所以必須花一點時間才能置牠們於死地，幸好數量不多，所以並不會太困難。她從容地對付這兩隻怪獸時，突然聽到樂俊的叫聲：

「陽子，小心欽原！」

陽子猛一抬頭，看到一群像雞一樣大的鳥飛了過來。可能有十幾、二十隻，無法明確計算實際數量。

「小心不要被刺到了，有毒！」

聽到樂俊的提醒，陽子輕輕咂著嘴。新的敵人體積小、速度快，數量多。這下子麻煩大了。

鳥的尾巴是銳利的小刀形狀。陽子砍落兩隻，給老虎補上致命一劍。

她小心翼翼地跑過屍體，以免被屍體絆倒，背對著旅店，尋找站立的位置。身中兩劍的青牛好像發了瘋似的橫衝直撞，腳下的石板都沾滿了妖魔的血，每走一步都很滑。

小路狹小昏暗，眼前是成群的鳥，只能依賴左右兩側店家漏出來的燈光，這些微弱的燈光反而讓黑暗變得更深沉。當她回過神時，發現那群鳥已經近在眼前，好像突然從黑暗中冒出來的。

陽子閃過那頭撞過來的青牛，又打落了一隻鳥後，聽到無數好像生鏽金屬摩擦般的奇怪聲音交織在一起，漸漸逼近。

「難道還有……」

她背上冒著汗。

剛才為了對付鳥，沒有及時解決的青牛變成了棘手的敵人。一群猴子正從小路的入口衝進來。

陽子愣了一下，當她回過神時，鳥的銳利尾巴已經出現在眼前。她只能閃躲，還來不及舉起劍，又有一隻鳥飛了過來，尾巴正對著陽子的眼睛。

陽子很清楚，這次絕對避不掉了。

——毒。不知道到底有多毒？

——眼睛怎麼辦？

——一旦看不見，就無法對付敵人。

——即使想要用手擋，恐怕也來不及了。

這是不到一瞬間的思考，真的來不及眨眼。

——完了，會被刺中。

她正要閉上眼睛，衝過來的那隻鳥突然消失了。

有人從一旁打落了那隻鳥。

陽子來不及確認那個人到底是誰。

陽子立刻砍向繼續飛過來的鳥，閃過衝過來的青牛。那個人動作俐落地刺向牛的後腦杓。因為動作實在太俐落了，陽子有點看傻了眼，那個人用再度拔出來的劍砍向飛來的鳥。

那個男人比陽子足足高一個頭。

「別發呆啊。」

男人說完，輕輕鬆鬆地打落最後一隻鳥。

陽子在點頭的同時，砍向撲過來的猴子，又刺中接著衝上前來的另一隻猴子，很快再度投入戰鬥中。

男人的劍術比陽子高超好幾倍，而且腕力驚人。那群猴子雖然數量不少，但並沒有花太多時間，小路上就躺滿屍體，再度恢復了寂靜。

4

「妳的身手真不錯。」

男人甩掉劍上的鮮血時說道，他的呼吸很平靜。雖然體型高大，卻沒有壯碩的感覺。「男子漢大丈夫」應該就是指這種人吧？陽子肩膀一上一下喘著粗氣，不發一語地抬頭看著他，男人笑了笑。

「我這麼問或許有點失禮——妳沒事吧？」

陽子默默點頭，男人挑了挑單側的眉毛。

「連說話的力氣也沒有了？」

「……萬、分、感謝。」

「妳不必向我道謝。」

「因為你救了我。」

「妖魔在大街上晃來晃去很擾人，所以並不光是救妳而已。」
陽子不知如何回答，背後有人抓住了她的上衣。
「——陽子，妳沒事吧？」
是樂俊。樂俊在問話的同時，皺著眉頭看腳下的屍體。陽子從樂俊手上接過了劍鞘，甩了一下劍，收回了劍鞘。
「我沒事。樂俊，你沒受傷吧？」
「俺沒事——這位是？」
陽子聳了聳肩膀。男人只是笑了笑，看著陽子身後的房子。
「你們住在這裡嗎？」
「——對。」
「是喔。」男人小聲嘀咕後，巡視了周圍。
「人越聚越多了，妳會喝酒嗎？」
「不會……」
「那你呢？」
男人看著樂俊，樂俊不知所措地抖了抖鬍鬚，點了點頭。
「那就陪我喝一杯，我懶得和官差打交道。」

去。

男人說完，轉身邁開步伐。陽子和樂俊互看一眼，不約而同地點了點頭，跟了上去。

男人撥開漸漸聚集的群眾走在街上，似乎並不知道要去哪家店。他走在人群中左顧右盼，然後心血來潮地走進一家豪華氣派的大旅店。男人沒有回頭看跟在身後的陽子一眼，就走了進去。陽子見狀，轉頭問身後的樂俊：

「……怎麼辦？」

「都已經來到這裡了，還能怎麼辦？」

「我不是這個意思，我想和他聊一聊，你要先回旅店嗎？也許該小心謹慎點。」

「別管那麼多了，走吧。」

樂俊沿著石階往上走，陽子也追了上去。男人和夥計等在店內的階梯下方，看到陽子他們後，輕輕笑了笑，走上了階梯。

夥計帶著男人來到三樓的包廂。那是兩個房間打通的大房間，有一個面向中庭的陽臺。

房間很寬敞，建築很華麗，內部裝潢也別具匠心，就連家具也都極盡奢華，但陽子難掩內心的畏縮。

這比陽子以前去過的任何一家旅店都高級好幾倍。

男人向夥計點了酒菜後，坐在像是沙發的椅子上，看起來好像經常出入這種高級店家。房間內因為點了無數蠟燭而很明亮，陽子發現男人身上的行頭也所費不貲。

「呃……」

男人看著站在入口的陽子笑了笑。

「要不要先坐下再說？」

「……打擾了。」

陽子和樂俊互看了一眼，朝彼此點頭後坐了下來。他們都覺得坐立難安。男人看著他們侷促不安的樣子微微笑著，並沒有說什麼。陽子不知如何是好，打量著室內，夥計端了酒菜上來。

「老爺，還有什麼吩咐？」

男人對著夥計揮了揮手，示意他出去，並命令夥計離開時把門關上。

「要不要喝看看？」

男人問陽子，陽子搖了搖頭，樂俊也跟著搖頭。

「呃……」

陽子不知道該說什麼，但還是開了口，男人打斷了她。

「妳有一把好劍。」

男人看著陽子的右手，對她伸出了手。陽子覺得難以拒絕，把劍遞給他。男人握著劍柄輕輕一拉，就把劍拔了出來。

「怎麼會？」陽子忍不住驚叫，男人不理會她，檢查著手上的劍和劍鞘。

「——劍鞘已死。」

「劍鞘死了？」

「妳之前是否曾經見過奇怪的幻影？」

聽到男人這麼問，陽子皺了皺眉頭。

「……你說什麼？」

看到陽子一臉緊張，男人笑了笑，把劍放回了劍鞘，小心翼翼地把劍交還給陽子。陽子接過後，輕輕握緊了劍柄。

「什麼意思？」

「就是我問的意思啊，妳不知道這把是什麼劍嗎？」

「什麼劍？」

男人拿起像茶壺般的玻璃瓶，在杯中倒滿液體。他的動作自在從容。

「這把劍名叫水禺刀，以水鑄劍，以禺為鞘，因此稱為水禺刀。除了是一把傑出的劍以外，還具有其他作用。劍刃會發出燐光，宛如在看水鏡般呈現幻影。只要操縱得宜，可以看到從古代到未來，千里之外的事。只要意志鬆懈，就會持續出現幻影，所以要用劍鞘封住。」

男人舉起杯子喝了一小口，看著陽子。

「劍鞘會化為禺現身，禺可以看透人心。一旦意志鬆懈，禺就會看透主人的心思，擾亂思緒，因此，需要用劍來封住劍鞘。這是慶國祕藏的重寶。」

陽子忍不住微微站了起來。

「但是，這把劍鞘已經死了，失去了封印的能力，所以幻影時常會出現。」

「……你是？」

「你們不是寫了書狀到黨公所嗎？說來聽聽吧。」

「您該不會是延台輔？」

男人冷笑了一下說：

「台輔剛好外出，有事就告訴我吧。」

陽子難掩失望。這個人果然不是台輔。

「所有的事都已經寫在書狀上了。」

「我看到了，說妳是景王。」

「我是海客，對這裡的事一無所知，只不過——」陽子看著樂俊。「樂俊說，我是景王。」

「好像是這麼一回事。」

男人很乾脆地點頭。

「你相信嗎？」

「輪不到我信或不信，水禺刀是慶國的重寶，在降服魔力強大的妖魔後沒有加以消滅，而是將之封印，變成劍和鞘加以支配，成為重寶，只有循正當途徑擁有此劍者方可使用，意即只有景王才能使用。這是前幾代景王封印的，所以才會這樣。」

「但是——」

「彼此封印了彼此，所以，照理說，只有主人才能拔出劍，只是現在劍鞘已死，即使我也可以拔出來，但即使拿著劍，也無法砍斷一根草，更不可能有能力喚出幻影。」

陽子直視男人。

「你是誰？」

——這個人對慶國的事知之甚詳，絕非等閒之輩。

「妳不打算先報上姓名？」

「我叫中嶋、陽子。」

男人看向樂俊。

「所以，遞交書狀的張清是你？」

「對。」樂俊慌忙正襟危坐。

「表字是？」

「樂俊。」

「——那你呢？」

陽子瞪著男人，卻無法壓制眼前的男人。

「我叫小松尚隆（Komatsu Naotaka）。」

男人一派輕鬆地回答，陽子目不轉睛地打量他。

「……海客？」

「我是胎果，很多人都把我的名字讀成『syou-ryou』，說很多、其實人數也有限。」

「……所以？」

「所以？」

「你是誰？台輔的護衛之類的？」

「喔喔！」男人笑了起來。「如果要說稱謂，我是延王——雁州國王，延。」

5

有好一會兒，陽子無法動彈，樂俊的鬍鬚和尾巴都僵硬地豎了起來。被他們盯著看了半天的男人笑了起來，顯然對眼前的狀況樂在其中。

「……延王？」

「是啊，很抱歉，台輔剛好外出，我想自己可以幫上忙，所以就來看看，還是說，你們非找台輔不可？」

「不。」陽子只說了這個字，就說不出下文了。他淡淡地笑了笑，然後把手指伸進杯中。

「那我從頭說起——一年前，慶國的景女王駕崩，追贈謚號為予王，妳知道嗎？」

「不知道。」

陽子說，延點了點頭。

「予王的本名叫舒覺，有一個妹妹叫舒榮。舒榮不知道有何意圖，竟然自立為景王。」

「自立為王……」

「每個君王身邊都有麒麟，君王必須由麒麟挑選。這件事有沒有聽說？」

「有。」

「予王留下了麒麟，就是景麒，妳認識景麒嗎？」

「曾經見過一次，他把我帶來這裡。」

延再度點頭。

「予王駕崩後，慶國的王位懸缺。景麒立刻開始挑選君王人選，在予王駕崩的兩個月後，從慶國傳來景王已經即位登龍的消息……但絕對是偽王。」

「偽王？」

延點了點頭，用手指沾了酒之後，在桌子上寫了「偽王」兩個字。

「君王必須由麒麟挑選，不由麒麟選定而自立為王者稱為偽王。在君王登基時，國家會有祥瑞之事出現，新王登基後卻完全沒有，反而妖魔四起，蝗害肆虐，無論怎麼看，都絕非正當的君王。」

「我搞不——」

陽子想說「我搞不懂」，但延舉起手，制止了她。

「由此得知，她是偽王。派人調查後發現，自稱為景王者是予王的妹妹舒榮，雖然是予王的妹妹，但只是普通女人，無法進入王宮，也無法掌控國家，所以原本以為不礙大事。」

陽子無法理解，但還是豎耳細聽。

「沒想到她率兵集結征州州侯城，自行在那裡宣布景王即位登基。國民難辨真假，聽到君王即位，沒有理由懷疑，就信以為真。偽王聲稱諸侯共謀封城，不讓她這個君王入城。國民對她的話深信不疑，紛紛譴責諸侯。舒榮宣稱要和奸臣奮戰到底，要招募新的官吏和士兵，志願者蜂擁而至。」

延說到這裡，略微露出了愁容。

「予王即位之前等了很久，在位的時間又很短，國家還無法從混亂中站起來，百姓對諸侯怨恨極深。九個州中，已經有兩個州是偽王的勢力範圍，另外三個州被偽王軍打下了。」

「沒有人反對嗎？」

「有，但一有人質疑為何麒麟不在場，她就說，景麒被諸侯藏起來。不久之後，她竟然真的帶著景麒出現，聲稱是她營救出被敵人關起來的景麒，當大家看到獸形的麒麟後，當然更不可能懷疑。於是，剩下的四個州中，半數的兩個州投靠了偽王。」

「帶著景麒出現……所以，景麒？」

「顯然被抓了。」

難怪他沒有來找陽子。雖然眼前並不算是最糟糕的狀況，但和最糟糕的狀況差不多。

「所以，是那個叫舒榮的女人派刺客刺殺陽子嗎？」

樂俊問。

「事情沒這麼簡單。妖魔攻擊人類是常有的事，但不可能追殺某個特定的人，除非是使令。」

「使令？」

「君王使用重寶的魔力，使麒麟可以指揮使令。全天下只有麒麟可以指揮妖魔攻擊某一個特定的人。」

景麒身邊的那些妖魔是景麒的使令。陽子終於瞭解了這件事，但樂俊顯然有點手足無措。

「怎麼會有這種事！」

延重重地點了點頭。

「照理說不可能，但這是目前唯一合理的解釋。攻擊景王的是麒麟的使令，使令召集了山野的妖魔。」

「這……所以……」

「仔細思考後就會發現，舒榮並沒有足夠的人脈和金錢維持軍隊，一定有人在背後提供大量的軍用資金，再加上有使令出現，可見幕後黑手是某國的君王。」

陽子看了看延，又看了看樂俊。

「……怎麼回事？」

延王回答了她的疑問。

「妳知道麒麟是怎樣的動物嗎？」

「是一種靈獸，挑選君王……」

「沒錯，麒麟是妖而非妖，反而更接近神。雖然本性為獸，但平時以人形現身，是充滿仁義慈愛的動物。雖然高傲不恭，卻討厭爭鬥，尤其怕血，甚至會因為血的汙穢而得病。麒麟絕對無法持劍作戰，所以指揮使令保護自身安全。使令雖是妖魔，但和麒麟立下誓約後，就甘心為僕。麒麟無論如何，都不可能基於自己的意志攻擊人類，因為這違背麒麟的本性。」

「但問題是？」

「沒錯，問題是君王是麒麟的主人，麒麟絕對不會違背君王。麒麟不會加害於人，只不過如果奉君王之令，就另當別論了。既然使令攻擊妳，代表有君王命令麒麟這麼做，這是唯一的可能。」

「會不會……那個叫舒榮的人也有一隻麒麟？」

「不可能。一國只有一隻麒麟，以君王為主，或是正在尋找君王，不可能有第二隻。」

可見真的是某國的君王想要取陽子的性命。

陽子想起來了。

在山路上遇見的那個女人——

她似乎在為妖魔的死哀悼，一定是因為那個妖魔是她的使令。鸚鵡命令她殺了陽子，她流著淚，卻無法違背鸚鵡的命令，所以舉起了刀。如果那隻鸚鵡是君王，那個女人是麒麟，一切就有了合理的解釋。

「但是，是哪一國？」

——是哪一國的君王？

延轉頭看著其他方向說：

「很快就知道了。」

「但是——」

「既然景王在我手上，就不可能讓他們動一根汗毛。問題是景麒，不過無論怎麼說，他是麒麟，不可能輕易被殺。所以，想要暗殺景王的君王很快就會浮上檯面，天帝不可能袖手旁觀。」

「我不太瞭解。」

「眼下暫且靜觀其變。只要看哪個國家走向衰亡，就知道是誰在下令，只不過——」延說到這裡，大聲笑了笑。「景麒被抓，目前被困在慶國，我們無論如何都要營救他。為了確保景王的安全，我必須帶妳去一個安全的地方，可以出發了嗎？」

「現在嗎？」

「如果可以，最好馬上出發。如果行李放在旅店，有時間回去拿。我希望妳去我的住處。」

陽子看著樂俊，樂俊點了點頭。

「陽子，妳去那裡比較好，因為目前安全最重要。」

「但是——」

「不必擔心俺，妳去吧。」

聽到樂俊這麼說，延放聲大笑起來。

「即使多一個客人，我也不會發愁。雖然只是舊房子，但房間倒是多得發臭。」

「不，豈敢叨擾。」

「家裡都是些粗人，如果你不介意就一起來，你一起來的話，景王也比較放心。」

延王的住處就是玄英宮，竟然被他說得好像是哪裡的舊房子。陽子在內心對延王感到有點無言，然後看著樂俊說：

「去吧，把你留下我會很不安。」

樂俊很僵硬地點了點頭。

6

延走到偏僻的角落，把手指伸進嘴裡，用力吹了聲口哨。

走去關弓還有將近二十天的路程，夜晚又無法入城出城，陽子正感到納悶，不知道要如何出城前往關弓時，發現有黑影出現在牆上。仔細一看，是兩隻身上發出淡淡光芒的老虎，身上的毛皮因為光線的強弱，黑色條紋變化出不同的顏色，白色部分既不像珍珠那麼柔和，又不如油膜那麼濃烈，一雙如同黑珍珠般的眼睛令人印象深刻，漂亮的虎尾很細長。

陽子和最初穿越虛海的那天晚上一樣，騎在老虎身上，奔向懸著半月的夜空。

這一切令她感到懷念。回想起來，不知已經過了這麼漫長的時間。騎在景麒的使令驃騎身上奔向虛海時還是寒冷的季節，當時，陽子一無所知，既不瞭解景麒，更不瞭解自己。

如今已是夏季，夜晚的空氣中彌漫著熱氣，老虎周圍沒有一絲風，感覺有點冷清。

在天空中飛翔的野獸腳下，是一片和飛越虛海的夜晚時相同的夜景。雁國的夜晚很明亮，里和盧形成一個個小星團，宛如虛海的景象。

「陽子，那就是關弓。」

老虎在空中飛了大約兩個小時後，在背後抱著陽子的樂俊伸出短小的前肢，指著前方說道。

樂俊手指的方向看不到任何東西。沒有燈光，只有深不見底的黑暗。陽子正想問牠：「在哪裡？」發現自己誤解了該看的東西，樂俊並不是指黑暗中的某個東西，而是指著那片黑暗。

「……不會吧。」

半月的月光下，腳下是一片深海，森林的輪廓宛如海浪微微泛著白色，星星點點的萬家燈火——這片夜景中，有一個又深又黑的洞穴。

不，那不是洞穴，而是在半月映照下勾勒出的黑色輪廓。在整片夜景中看似洞穴，卻不是洞穴，而是高高隆起的——

「……山。」

——這個世界上有這種山嗎？

身處高空中，里已經變成了一個點，但那座山仍然高不見頂。

——高聳入天的山。以前曾經聽樂俊這麼說過。

但是，真的有高聳入雲的山嗎？

陽子頓時覺得自己極其渺小。

這座山如同柱子般頂天立地，從和緩的山地間伸向高空的樣子，好像一把長度不一的筆捆在一起。雲霧繚繞著尖銳險峻的山頂，遮住了它的形狀。

黑影的山壁宛如一道巨大的牆。

「……那就是關弓？那座山就是關弓？」

她比較著腳下和前方那座山，發現距離還很遠很遠，但那座山竟然如此巨大。

「對，那就是關弓山，每個國家的王宮所在的山都很高大，玄英宮就在山頂上。」

淡淡的月光照在懸崖上，反射著白色線條，整座山筆直得幾乎接近垂直。陽子尋找著王宮，但山頂被雲遮住了，看不清楚，只見山麓有一、兩盞燈光。

「那個光就是關弓城。」

既然是首都，應該比烏號更大，但距離太遠了，所有的光都聚集成一個點。

陽子呆滯地看了片刻。

雖然看似近在眼前，但關弓好像在越逃越遠，即使借助了飛獸的腳，好像也遲遲無法拉近和關弓之間的距離。過了很久，終於靠近了細長的高山，如果不轉動脖子，就無法看到整座山的全貌，即使把頭抬到底，也無法看到山頂時，才終於看到了關弓這個城市的輪廓。

關弓這個城市位在這座高聳入雲的關弓山麓，在和緩的丘陵地帶展開成弧形，背後有這座巨大的高山，這裡的夜晚應該很漫長。

陽子問樂俊這件事，樂俊表示同意。

「我曾經去過巧國的傲霜，差不多也是這樣的感覺。傲霜位在山的東側，黃昏很長。」

「……是喔。」

從上空中俯瞰，發現關弓是一個巨大的城市，腳下是一片光的海洋，眼前是一片懸崖峭壁。垂直細長的山層層疊疊，完全不見任何樹木，即使在夜晚，山岩看起來都是白色的。

前方的延降落在山的高處，斷崖突出的岩石上。

那片岩石區差不多像小型體育館那麼大，感覺像是將一塊大岩石削平而成。陽子他們騎著的飛虎也跟著降落在岩石上，搶先一步降落的延回頭笑著對他們說：

「看來你們沒有掉下去。」

陽子感到納悶，飛虎沿途完全沒有晃動，也沒有感受到風的呼嘯，怎麼可能掉下去？延似乎猜到了她的想法，笑了笑說：

「有些人會懼高頭暈，也有人會因為太舒服睡著了。」

原來是這樣。陽子不由得苦笑起來。

白色的岩石削得很平，上面刻著很深的精細圖案，可能可以發揮止滑的效果。周圍沒有欄杆，陽子完全無意去邊緣一探究竟，也完全無法想像這裡離地面到底有多高。

前方的懸崖前有一道對開的大門，延轉身走向那道門。走到門前時，門就向內打開了。

那是一道用整塊差不多兩個人高的白色石頭做成的石門，兩名士兵打開了這道看起來很沉重的石門。陽子不確定他們是不是士兵，因為看到他們穿著厚實的皮革護胸，猜想應該是士兵。

延向他們點了點頭，回頭看向陽子。他走進那道門後，示意他們也一起進來。陽子和樂俊走進大門後，兩名士兵向他們微微鞠躬，然後走了出去，跑向在岩石上休息的兩隻飛虎。也許飛虎也像馬一樣，需要喝水、吃飼料，再用刷子刷一下身上的毛。

「──怎麼了？往這裡走。」

延看著陽子。陽子慌忙跟在延身後走了進去，裡面是一條寬敞的走廊。

走廊上懸著像水晶燈般的燈火，猶如白晝般明亮。樂俊驚訝地抖著鬍鬚，抬頭看著天花板，顯然牠也很少見到。

穿越並不長的走廊，是一個大房間，從那裡穿越一個拱頂的隧道，沿著白色石頭階梯往上走。樂俊一看到階梯，立刻垂頭喪氣地抖動著鬍鬚。走在前面的延回頭問：

「怎麼了？不必客氣啊。」

「沒有。」

樂俊的臉有點抽搐，陽子知道牠在想什麼。

「陽子……」樂俊壓低聲音小聲問：「要沿著這個階梯走上去嗎？」

「應該吧。」

陽子在回答的同時，內心也有點失望。因為剛才降落的岩石區位在這座山的高處，沒想到離山頂還有差不多相當於一棟摩天大樓的高度。如果要靠雙腳爬上去，恐怕會是可怕的苦行。

陽子沒有任何怨言，默默地走上階梯，不由自主地牽起樂俊的手。雖然每格階梯並不高，但階梯很長。他們跟在延的身後走上階梯，在階梯盡頭一片寬敞的空間轉了九十度後，又走了一段階梯，才來到一個小廳堂，小廳堂後方有一道雕刻十分精美的木門。

走出這道在厚實的木板上刻了鮮豔浮雕的木門，立刻感受到和煦的風吹了過來，聞到了濃濃的海水味。

「……啊！」

陽子忍不住叫了起來。門外是一個寬敞的露臺，那裡已經是雲的上方。

陽子搞不清楚到底有多神奇，但只是走了那些階梯，就已經上升到這麼高的地方。地上鋪著白色石頭，欄杆也是白色的石頭，下方的白雲起伏飄動。

——不，那些白雲真的像海浪一樣起伏。陽子忍不住瞪大了眼睛。

「樂俊，這裡有海……」

她忍不住叫了一聲，跑到欄杆旁。從懸崖向外伸出的露臺之下白浪翻騰，放眼望去，原來是在海上，難怪會有海水的味道。

「當然有啊，因為這裡是天上啊。」

聽到樂俊這麼說，陽子轉頭看著牠：

「天上有海嗎？」

「如果沒有海，怎麼叫雲海？」

帶著濃烈海水味的風從海上吹來，眼前是一片黑暗的海，白浪一直打到露臺下方。

陽子從欄杆探出身體張望，發現海底閃著光亮。雖然看起來像虛海，但她知道是位在遙遠下方的關弓的燈光。

「太不可思議了……為什麼水不會掉下去？」

「如果雲海的水掉下去，不是很傷腦筋嗎？」

延吃吃地笑了起來。

「景王，如果妳喜歡，就請人為妳安排有露臺的房間。」

「那個……」

陽子開了口，但不知道該怎麼稱呼他。

「可不可以請你不要叫我景王？」
延挑起單側的眉毛，覺得很有趣。
「為什麼？」
「因為……總覺得不是在叫我。」
延王聽了，輕輕笑了起來，欲言又止地仰頭看著天空。陽子順著他的視線望去，發現一道細細的白光流過。
「台輔回來了——那就叫妳陽子。」
延轉過身。
露臺左側深處有幾級石階，陽子也跟著延王走上石階後，忍不住呆呆地抬頭看向前方。
那裡是一片像島嶼般的地形，中央有一座險峻的高山。月光下，可以看到無數房子建在白色的斷崖上。
山上奇岩林立，就像一幅水墨畫，岩石上的樹木伸展著枝椏，有好幾條細細的瀑布流著。
山崖上，有塔形建築，也有樓閣，縱橫交錯的迴廊連起這些房子，形成一整棟建築物。

這是雁國的中心，延王的居宮玄英宮，一座巨城包圍了整座山。

7

一走進房子，陽子他們立刻被看起來像是僕人的男女包圍了，他們將陽子和延分開，將兩人推進了後方的房間。

「那個……」

「呃……」

陽子和樂俊有點不知所措，宮女面無表情地轉頭說：

「請在這裡更衣，熱水馬上送來。」

他們似乎覺得陽子和樂俊身上太髒了，在宮裡走來走去有礙觀瞻。陽子他們雖然困惑，但還是點了點頭，用他們送來的水洗了身體。陽子和樂俊輪流在屏風後洗完澡，走去隔壁房間，發現寬敞的房間內有一張大桌子，上面放著嶄新的衣服。

「要換上這些……」

樂俊一臉不悅地拿起質地華麗的衣服檢查著。

「這是男人的衣服。他們以為妳是男人嗎？如果延王知道妳是女人，還吩咐他們準備男人的衣服，就太貼心了。」

「樂俊，好像還有你的。」

聽到陽子這麼說，樂俊顯得垂頭喪氣。

「雖然現在才意識到有點太晚了，但俺這樣子去見達官貴人真是太失禮了。」

因為你根本沒穿衣服啊。陽子暗自想著，把衣服遞給了牠。她忍不住想起之前在路上遇見的那些怪獸，有不少怪獸身上穿著衣服。樂俊似乎不愛穿衣服，但光是想像，就忍不住莞爾。

看著樂俊低著頭，拖著尾巴走去屏風後方，陽子也換上了宮女準備的衣服。那是一件質地柔軟的寬鬆薄長褲，還有一件像是薄襯衫的衣服，外面搭配一件織了漂亮圖案的長衣。

所有衣服都是蠶絲，已經習慣粗衣的陽子，覺得這種滑爽質地的衣服穿在身上很癢，當她綁好有刺繡的腰帶時，門打開了，一名老人走了進來。

「請問已經換好了嗎？」

「我已經好了，我朋友……」

她原本想說「還要等一下」，發現屏風動了一下。

「沒問題，我也好了。」

樂俊的聲音很低沉，陽子有點驚訝，看到屏風後方走出來的身影，有好一會兒說不出話。

「怎麼了？」

「你是……樂俊……吧？」

「對啊。」

他點了點頭，忍不住笑了起來。

「原來妳第一次看到我這個樣子，我是如假包換的樂俊。」

陽子抱著頭，她終於知道之前緊緊抱著樂俊時，樂俊為什麼叫她要穩重一點了。

「我忘了這裡的很多事都超越了我理解的範圍。」

「好像是這樣。」

他笑了起來。以年紀來說，他是二十出頭的翩翩美少年，個子不高，體型偏瘦，但看起來很健康。陽子想起他之前提到「正丁」，其實就是成年男子的意思。

「如果只是普通的野獸，不可能會說話，我不是說過，我是半獸嗎？」

「……的確。」

陽子羞得臉上快噴火了。雖然樂俊好幾次告訴她，自己是半獸，是正丁，但陽子不僅去抱他，之前還同住一室。她更想起很久之前，樂俊還曾經為她換過睡衣。

「陽子，妳這個人既精明，又粗心。」

「我也這麼覺得……為什麼你不一直維持人形？」

陽子忍不住咬牙切齒地說，樂俊嘆了一口氣。

「因為那樣比較輕鬆。」

說完，樂俊垂下穿了朱色衣服的肩膀。

「感覺好像很盛裝，肩膀都瘦了，而且今天真的是盛裝……」

他嘀嘀咕咕的樣子看起來真的很無奈，陽子輕輕笑了起來。

他們跟著老人，經過長長的走廊，陽子他們終於被帶進一個大房間。對開的落地窗敞開著，房間內彌漫著海水的味道。延站在面向雲海的露臺上，回頭看著他們。他也換了衣服，但和陽子他們身穿的長袍相差無幾。應該不是陽子他們身上的衣服太高級，而是延在服裝上很儉樸，看來他這個人很隨興。

延走進房間時苦笑著說：

「換好衣服了嗎？這些家臣就是太注重規矩，雖然很煩，但如果不乖乖聽他們的話，就會很囉嗦，真對不起兩位了。」

陽子覺得延似乎太隨興了，但聽到他說話時帶著笑容，陽子也笑了笑。

「樂俊，你脫掉這身衣服也無妨啊。」

已經變成一位年輕人的樂俊露出僵硬的笑容。

「不必在意我——請問台輔呢？」

「應該馬上就來了。」

他的話音剛落，門就打開了。風一吹，房間內都是海水的味道。

「你回來了。」

門的內側都有一道屏風，屏風後出現一個十二、三歲的金髮少年。

「怎麼樣？」

「目前還無法進入王宮……真難得，有客人？」

「不是我的客人，是你的。」

「我的？我不認識。」

少年眉頭微蹙，看著陽子他們。

「所以？你是誰？」

「你說話這麼無禮，該改一改了。」

「你知道什麼叫多管閒事嗎？」

「你等一下可別後悔。」

「是喔，難道你終於決定娶親了？」

「我沒在開玩笑。」

「……所以，是你媽？」

「如果不是我的妻子或母親，你就這麼沒禮貌嗎？」

延嘆著氣說完，回頭看著目瞪口呆的陽子說：

「對不起，這傢伙太粗魯了，他是延麒。六太，這位是景女王。」

「呃！」

少年發出這個聲音後，當場往後一跳。他抬頭看著陽子，陽子忍不住笑了起來。

這好像是她渡過虛海後，第一次大聲笑出來。

「幹麼不早說？真是太差勁了。」

「你沒資格說我，這位是樂俊公子。」

延輕輕笑了笑，立刻露出嚴肅的表情。

「慶國的情況怎麼樣？」

聽到他的問話，少年的神色也嚴肅起來。

「紀州似乎也淪陷了。」

樂俊為陽子寫了「紀州」這兩個字。因為在語言溝通時都會自動翻譯，所以必須請樂俊寫字給她看。交談的時候，一切交給翻譯都沒有問題，只是這麼一來，陽子就不認得字了。

「目前只剩下北方的麥州，舒榮仍然在征州，軍隊的勢力更加壯大，王軍根本不是對手。」

樂俊又寫了「王師」兩個字，應該就是剛才聽到的「王軍」。

「偽王軍已經向麥州挺進。麥侯的軍隊只有三千，根本無法抵抗，淪陷恐怕只是時間問題。」

說完，他坐在桌子上，拿起桌上的樹果啃了起來。

「——你是在哪裡找到景王的？」

延簡單扼要地把來龍去脈告訴了他，延麒不發一語，愁眉不展地聽著。

「蠢蛋！竟然要麒麟去攻擊人類。」

「目前不必理會，幕後黑手問題也不大，但必須讓他們交出景麒。」

延麒點了點頭。

「越快越好，如果他們知道景王在這裡，恐怕會取他的性命。」

「呃……」陽子插了嘴。「我完全聽不懂。」

延挑了挑單側的眉毛。

「我在一無所知的情況下被帶來這裡，既然延王說我是景王，應該是這麼一回事吧，而且不知道哪國的君王在追殺我，應該也是因為這個原因。但是，我並不想當景王，我通知你們，也不是希望你們承認我是景王，我只是討厭整天被妖魔追殺，也討厭被巧國的士兵追捕，想要知道回去倭的方法，才來此地尋求延王的協助。」

延和延麒互看了一眼。片刻的沉默後，延開了口：

「陽子，妳先坐下。」

「我——」

「妳先坐下，我接下來要說的故事很長。」

8

「到底該從何說起呢？」延說完這句話，看著半空想了片刻。「有人，然後有了國家。有了國家之後，就需要有人治理這個國家，對不對？」

「對。」

「於是，就有了王。一國之君統治國家，君主統治國家時，其施政未必符合民心所望。相反地，權力容易使人傲慢，君主往往會欺壓百姓。這並不一定是君主的過錯，而是君主一旦掌握了權力，就不再是普通百姓，所以無法瞭解百姓的想法。」

「聽說延王是稀世的明君。」

延苦笑著說：

「我想要說的不是這個，別急——君王會欺壓百姓，那如何才能拯救百姓呢？」

「民主主義就是其中一種方式。」

說話的是延麒。

「國民選出對自己有利的君王，一旦對自己不利，就讓他下臺。」

「是啊。」

延又繼續說：

「但是，在這裡是用另一種方式。既然君王會欺壓百姓，就挑選一個不會欺壓百姓的君王。麒麟就是扮演這樣的角色。」

「麒麟代替國民選出君王……」

「這麼想也沒錯，這裡還有所謂的天意。天帝創造了天地、國家，制定了天理，麒麟順應天意挑選君王，天命已下，於是有了君王。」

「天命……」

「君王必須保護國家，拯救百姓，讓他們有安定的生活。麒麟挑選出有能力完成這項使命的君王。獲選者登上王位，所以，天帝透過麒麟讓明君坐上王位。雖然也有人稱我為明君，但這種說法並不對，所有君王都具備成為明君的資質。」

陽子不知如何附和，所以沒有吭氣。

「但是，倭和漢也有不少明君，國家卻無法持續安泰，妳知道為什麼嗎？」

陽子微微偏著頭。

「被稱為明君者往往會因為某些閃失而偏離正軌，即使不犯這種錯，任何明君終有一死。死了之後，繼位者未必也是明君——也許是因為這個原因吧。」

「妳說得對。既然這樣，就讓明君不死，成為神就好，如此一來，就解決了一半的問題。即使死了之後，也不讓後代繼承王位，而是讓麒麟來挑選，讓麒麟監視君王不偏離正軌——不是嗎？」

「是……沒錯啊。」

延聽了之後點點頭。

「雁州國目前交到了我的手上，延麒挑選了我成為君王。無論任何人多麼渴望，多麼努力，如果不被麒麟選中，就無法成為君王。這有點像男人選擇女人，或是女人選擇男人。我是胎果，並不是在這裡長大的人，我和妳一樣，對如何當君王一無所知，因為被麒麟選中，所以才成為君王。天命已下，就無法改變。」

「我也是……我不能回去了嗎？」

「如果妳想回去就回去，但妳還是慶東國的君王，這件事無法否認。」

陽子低下了頭。

「麒麟和自己挑選的君王立下誓約，不離君側，不違所應的誓約。當君王即位後，就在君王身旁擔任宰相。」

「延麒也是宰相嗎？」

陽子看著盤腿坐在桌上的延麒，延淡淡地笑了笑。

「別看他這樣，他也是宰相。雖然妳看到延麒之後，可能不太容易接受，但麒麟原本是慈悲為懷的動物，麒麟是正義和慈悲的化身。」

延麒皺著眉頭，他的主人苦笑著說：

「台輔的進言都有關正義和慈悲，但是，光靠正義和慈悲無法治理國家，有時候我會無視延麒的勸阻，為了國家的正義，做一些不夠慈悲的事。如果凡事都聽延麒的，國家會滅亡。」

「……是……這樣嗎？」

「比方說，有一個罪人，為了錢而殺生的罪人。罪人有飢餓的妻兒，於是，延麒就會建議救他，但是，如果姑息罪人，國家就會大亂。因此，雖然對罪人深表同情，還是必須判他的罪。」

「……是。」

「假設我命令延麒處死那個罪人，以麒麟的本性無法做這種事，只是他抱怨歸抱怨，還是會去處死罪人。麒麟會完全服從君王的命令，那是絕對的服從，不會違背君王的命令，即使君王命令他死，只要是真心下達的命令，他就無法違抗。」

「所以，也可以讓麒麟選中自己，一旦選上之後，就可以為所欲為嗎？」

「這就是最大的難處。正義和慈悲是上天的意志，上天希望君王靠正義和慈悲治國，麒麟轉達上天的意志，只不過光靠正義和慈悲無法治國，有些事雖然違反正義和慈悲，但還是不得不做，然而，一旦過度，就會失去天命。」

陽子看著延。

「為了國家，有時候需要做一些缺乏慈悲的事，但若是過度，就會喪失君王的資格。君王只是向上天借用王位而已，一旦君王誤入歧途，失去天命，麒麟就會生病，這種病稱為失道。」

陽子盯著延在半空中寫的字。

「那是君王失道導致麒麟罹患的病，除非君王痛改前非，否則麒麟的病好不了，但問題在於並不是想改就能夠改，所以很少有麒麟在罹患失道的病之後，君王治好了他的病。」

「治不好的話……」

「如果這種狀況持續，麒麟就會死。麒麟死了，君王也會死。」

「……死。」

「因為人的生命很短暫。君王之所以能夠長生不老，是因為入了神籍。君王是神，才能長生不老。麒麟讓君王成為神，所以，麒麟死了，君王也就會跟著死。」

陽子點了點頭。

「除了君王痛改前非，還有一個方法可以治好麒麟。」

「什麼方法？」

「就是對麒麟放手。最簡單的方法，就是君王自己走上絕路。即使君王死了，麒麟也不會死。」

「麒麟會得救？」

「就可以得救……景麒就是這種情況。」

延說到這裡，輕輕嘆了一口氣。

「慶國的先王是名叫予王的女王，君王本性是人，姑且不論資質，並不是就不會走上歧途。予王深深愛上了景麒，不讓任何女人靠近景麒，自認是景麒的女人，經常醋勁大發。之後越發走火入魔，把所有女人都趕出了城，最後甚至下令趕走全國的女人。當景麒規勸時，她更加變本加厲，想要殺害留在國內的所有女人，於是，景麒就病了。」

「所以……」

「女王是因為愛上了景麒而失道，當然不可能坐視景麒死去，至少她還沒有失道至此。予王上了蓬山，要求退位。天帝恩准，景麒從予王手中得到了解放。事情就是這樣。」

「那個人呢……」

「一旦為王，就要死去再重生為神；若是不再為王，就無法繼續活下去。」

原來慶國的先王是因此而死。

「景麒已經挑選妳為王。雖然必須登上蓬山，取得天敕才能即位，但既然已經立了誓約，就和即位沒有太大的差別。天命已下，妳就是景王。這件事已經無法改變……妳瞭解嗎？」

陽子點了點頭。

「君王有義務治理國家，妳可以捨棄妳的國家回倭，但失去君王的國家必定大亂。一旦國家大亂，天帝一定會捨棄妳。」

「於是，景麒就會罹患失道，而我會死。」

「沒錯，只是如果要說冠冕堂皇的話，恐怕還不止於此，最大的問題在於慶國的國民。因為君王除了統治，還要降服妖魔、平息災變，沒有君王的國家妖魔出沒，風暴四起，乾旱水荒不斷，瘟疫流行，人心惶恐。國土荒廢，人民飽嘗辛酸。」

「國家……滅亡？」

「沒錯。景麒遲遲找不到予王，所以空位時代持續了很長時間，這段期間，國土荒廢，人民身心俱疲，好不容易找到了君王即位，但治世只持續短短六年，而且最後一、兩年因為失道，國家喪失安寧，現在又遇到這場動亂。住在雁國和巧國附近的人紛紛離鄉背井，但慶國還有很多百姓，在我們說話的這些時候，他們也深受妖魔和災變的折磨。只有一個方法可以拯救他們。」

「讓正當的君王趕快即位？」

「沒錯。」

陽子搖了搖頭。

「根本不可能。」

「為什麼？我認為妳完全具備了君王的氣度。」
「怎麼可能……」
「妳是妳自身的君王，明白自己的責任。如果不瞭解自身責任，即使和他談論王者的責任也是白費口舌，無法統治自己的人，當然更不可能統治國土。」
「我……不行。」
「但是。」
「尚隆——」延麒用責備的語氣制止道：「不要勉強她，景王要如何處理慶國是她的決定，只要她做好對自己行為負責的心理準備，不管做出任何決定都沒問題。」
延嘆了一口氣。
「沒錯——但是，有一件事要拜託景王。我一直致力於拯救慶國的國民，但雁國的國庫並非取之不盡，希望妳可以親自拯救慶國。」
「……請讓我考慮一下。」
陽子低下頭，如今，她實在無法抬起頭。
「不好意思——」樂俊插嘴：「你們知道是哪一位君王想要追殺陽子嗎？」
延看著延麒，延麒移開了視線。
「……你覺得是誰？」

「俺猜想……俺覺得可能是塙王。」

陽子看著樂俊。看著眼前這個一臉愁容的年輕人，無法立刻覺得就是之前那隻開朗的老鼠。

「為什麼？」

「目前並沒有確切的證據。陽子不是在山裡四處逃竄，導致身心俱疲嗎？俺不認為攻擊她的所有妖魔都是麒麟的使令，但山上也不可能有那麼多妖魔，即使有一半是使令也太多了。所以，俺認為巧國已經走向衰亡。」

延聽了樂俊的話，點了點頭。

「言之有理。不瞞兩位，塙王強烈要求我們交出從巧國逃來雁國的海客。巧國是那樣的國家，過去也不是沒有海客從巧國逃來雁國，但之前塙王從來不曾提出過這樣的要求。我覺得不太對勁，請延麒暗中調查後，發現巧國有人送錢給舒榮，而且，巧國也開始動亂。我們正在懷疑塙王暗中搞鬼，昨天就接獲了塙麟失道的消息。」

「塙麟失道。」

樂俊嘀咕，一絲痛苦掠過他年輕豁達的臉。

「……這麼說來，巧國完蛋了……」

「不能想想辦法嗎？」

陽子問，其他三個人都眉頭深鎖，最後還是由延開了口：

「我當然能夠以朋友身分向塙王提出忠告，但塙王不願見我。即使見到了他，如果他沒有意識到自己的錯，還是無法解決問題。唯一的方法，就是景王接受天命，登上懸缺的王位。雖然不知道塙王是基於什麼原因干涉慶國，但如果他是想要扶植傀儡君王，藉此掌控慶國，或許可以摧毀他的野心，阻止他繼續做蠢事。」

說完，他看向陽子，陽子聽懂了他的言外之意，忍不住低下頭。

「……請給我一點時間。」

第八章

1

陽子住在一間天花板很高的豪華房間。除了房間的裝潢，家具和桌上的茶壺、杯子都極盡奢華。房間很大，裝了玻璃的窗戶也很大。住在巧國邊境的農夫如果走進這個焚了香、插了鮮花的房間，一定會頭暈目眩。

在旅途中已經習慣節衣縮食的陽子也一樣，一走進房間就感到心神不寧。她回到房間後，原本打算獨自思考一些事，但坐在包著錦緞的軟綿綿椅子上很不自在，鑲了螺鈿的漆桌更是只要稍微一碰，就會清楚地留下指印，她也不敢在桌旁托腮思考。

環視整個房間後，發現旁邊是一個兩坪多大的小房間。原以為去那裡應該會比較自在，但走過去一看，忍不住輕輕嘆了一口氣。

用來隔間的鏤空雕花窄門折了起來，走進去，發現那是一座高臺，垂著蠶絲的簾子。

簾子拉開了一半，高臺上鋪著織錦的棉被。這個差不多兩坪多大的高臺是睡床，陽子覺得簡直有點像是惡作劇。即使躺在上面想事情，恐怕也無法理出頭緒，更不可能睡得著。

陽子無所適從地打開了大窗戶，對開的落地窗高達天花板，幾何圖案的窗櫺上鑲了彩色玻璃的窗戶，推開後是一個寬敞的露臺。

延言而有信，為陽子安排了這個面向露臺，可以看到繚繞雲海的房間。

一打開窗戶，海水的味道立刻撲鼻而來，比焚香的味道更好聞。陽子走到露臺上，鋪著白石的露臺圍繞在建築物的周圍，差不多像庭院那麼大。

陽子走到露臺上，靠著欄杆，心不在焉地看著雲海。月亮漸漸沉落到天上的海中。

她看著白浪打在腳下的岩石上，背後傳來輕快的腳步聲。回頭一看，一身灰棕色毛皮的動物走了過來。

「散步嗎？」

陽子向牠打招呼，樂俊苦笑著。

「是啊——妳睡不著嗎？」

「嗯，你也是嗎？」

「在那種房間怎麼可能睡得著，俺還忍不住有點後悔，早知道就該留在旅店。」

「我也有同感。」

聽到陽子這麼說，老鼠放聲笑了起來。

「妳怎麼可以說這種話？妳自己也有這樣的王宮啊。」

聽到樂俊的話，陽子收起了笑容。

「……我想應該有吧。」

樂俊走到她身旁，和陽子一起低頭看著海面。

「慶國的王宮位在瑛州堯天，叫金波宮。」

陽子沒有太大的興趣，懶洋洋地附和著。樂俊沉默了片刻。

「——陽子，聽俺說。」

「嗯……」

「景麒不是被名叫舒榮的偽王抓了嗎？」

「聽說是這樣。」

「如果塙王無論如何都不想讓妳即位，有一個有效的方法。」

「殺了景麒，對不對？」

「對。只要景麒死了，妳也就會跟著死。因為妳並沒有登上蓬山接受天敕，所以，不知道具體情況怎麼樣，但應該會是這種結局。」

陽子點點頭。

「我也這麼認為。因為我和景麒立下了誓約，所以，我已經不再是普通人了，難怪我不容易受傷，而且也沒有任何語言障礙，更對劍術無師自通，甚至能夠和他們一起渡過虛海，恐怕也是因為這個原因。」

「八成是。景麒落入了敵人手中，為了自身的安全──」

「我不想聽。」

陽子打斷了牠。

「陽子。」

「你不要誤會，我不是意氣用事，我已經很瞭解君王是什麼，麒麟是什麼，所以，不想為了自身的安全做出決定。」

「但是──」

「我希望你不要認為我是因為無奈才說這些話。」陽子露出微笑。「我來到這裡之後，身處隨時可能送命的狀況，雖然歷經千辛萬苦，終於活了下來，但我一直以為自己是運氣好。來到這裡之後，我這條命就和死了沒什麼兩樣，所以我並不是怕死，至少不想用這種方式保護自己的生命。」

樂俊的喉嚨發出「咻」的聲音。

「所以，我不希望因為怕死而做出輕率的決定，我知道大家都對我充滿期待，但如果因為不想辜負大家的期待而決定自己的生存方式，就無法承擔起那份責任，所以，我希望認真思考後再決定。」

樂俊漆黑的眼睛看著陽子。

「俺搞不清楚妳為什麼這麼猶豫不決。」

「因為我做不到。」

「為什麼？」

「我知道自己多麼醜陋，沒有當君王的能耐，我並不是這麼了不起的人。」

「這種事……」

「如果你是半獸，那我也是一半。雖然乍看之下是人，但內心是野獸。」

「陽子……」

陽子握著露臺的欄杆，豪華的石頭看起來很美，摸起來很細膩。下方是一片透明的水，隔著這片透明的水，關弓的燈光宛如海中的夜光蟲。

海浪緩緩打來，發出平靜的水聲。這片景觀很美，自己卻配不上。

位在堯天的金波宮應該也是這麼美的城堡，想到自己將身處那裡，除了畏縮，更感到不寒而慄。

陽子說出了自己的想法，樂俊嘆了一口氣。

「君王被麒麟挑中之前只是普通人。」

「即使麒麟選中了我，我仍然只是這種料而已。我曾經想要偷竊，想要威脅他人。事實上，我為了生存，也的確威脅過他人。我不相信別人，因為貪生怕死，曾經拋下你、想要殺了你。」

「延王不是說，妳一定可以勝任嗎？」

「延王並不知道我至今為止的人生有多麼膚淺。」

「妳一定可以做到，差一點被妳殺的俺也這麼說，絕對錯不了。」

陽子低頭看著樂俊，這隻只到陽子胸前的老鼠從欄杆探出頭，目不轉睛地看著天空中的海。

「我、做不到……」

陽子看著雲海小聲嘀咕，但沒有聽到回答，對方只用小手輕輕拍了拍陽子的手臂，當陽子轉過頭時，只看到灰棕色的背影。

「樂俊。」

「換成是俺，應該也會猶豫，所以，猶豫並不是壞事。妳好好想清楚。」

老鼠揮了揮手，背影漸漸離去，陽子看著牠頭也不回地離開。

「……樂俊，你也不是完全瞭解我……」

正當她小聲嘀咕時，聽到一個聲音。

——我知道。

那並不是陽子的獨白。她驚訝地抬起頭巡視四周，但剛才的聲音並不是耳朵聽到的。

——妳並不是孤單一人，我全都知道。

「……冗祐……」

——登上王位。妳一定可以做到。

陽子無法回答。一方面是為冗祐對自己說話感到驚訝，更被這番話的內容震懾了。

——恕在下違背主命，請恕罪。

聽到「主命」這兩個字，陽子想起之前景麒曾經命令冗祐：「就當作自己不存在」，難怪至今為止，牠從來沒有回答過自己的問話。

——她曾經亂發脾氣叫牠怪獸，還要求把牠拿掉，因此，這全部都是陽子的錯。

「我真的太愚蠢了……」

陽子嘟噥道，但沒有再聽到任何回答。

2

翌日，被宮女叫醒後，陽子走去吃早餐時，面對眾人探詢的視線，搖頭作為回答。今天的樂俊以老鼠的樣子現身，低頭抖著鬍鬚。延和延麒都露出有點失望的表情。

「這是妳的國家和妳的國民，妳可以做主……」

延苦笑著說。

「無論如何，至少希望妳去把景麒接回來，如果妳打算放棄王位，更應該這麼做，至少希望妳為慶國留下宰輔——怎麼樣？」

陽子聽了延的話，點了點頭。

「雖然我目前還沒有做出結論，但我對救回景麒沒有異議——只是要怎麼營救他？」

「只能用武力搶回來了，景麒似乎在征州，偽王軍所在的中心。」

「只要把景麒帶回來，我就可以回去嗎？我只是想知道這個問題的答案。」

延點了點頭。

「麒麟可以引發蝕，妳可以自由渡過虛海，所以回家根本輕而易舉。我向妳保證，如果妳無論如何都想回去，就算景麒不答應，也可以讓延麒送妳回去。」

他是個公正的人。陽子心想。他明明可以威脅陽子，如果不當君王，就絕對不讓她回去，但他並沒有這麼做。

「我才不要，到時候請你自己好好說服景麒。」

延麒叫了起來，延瞪著少年。

「六太！」

「妳可能不知道，所以我告訴妳，一旦發生蝕，就會引發災害。如果只有麒麟，只會吹起狂風而已，但如果君王和麒麟在一起，就會引發很大的災難，也會對那裡造成危害。」

「對倭嗎？」

「對，那裡和這裡原本不應該產生交集。妳來這裡時的那次蝕，對巧國造成了巨大的危害，但以君王渡過虛海來說，又不算太嚴重。下次就不會這麼簡單了，我才不想幫忙這種事。」

「即使我決定回去，也不會給你添麻煩。」

「那就拜託啦。」

陽子苦笑著點點頭，延用嚴肅的聲音說：
「但是，即使妳回去那裡，也未必安全。」
「——我知道。」
只要塙王不願善罷干休，妖魔就會追到那個世界。回去的時候會引發災害，回去之後，妖魔的襲擊會牽連很多無辜的人。陽子是瘟神。陽子回去這件事，無論對這裡或是那裡都會造成很大的危害。雖然她明白這些道理，但還是下不了決心。
「能不能在我回去之前討伐塙王？」
「不行，至少我不會協助這件事。」
「不行嗎？」
延點了點頭。
「有一件事妳必須記住，君王絕對不能犯三大罪。第一，不得違反天命、悖逆仁道。第二，不得因不願接受天命而自己走上絕路。最後，即使是為了平息內亂，也不得入侵他國。」
陽子點了點頭。
「那你們呢？你們不是要去慶國營救景麒嗎？」
「只要景女王率兵，就是御駕親征，我們只是應景王的請願提供協助。」

「原來是這樣。」

延發出宏亮的笑聲。

「如果要營救景麒，雁國的王師可以助一臂之力，妳意下如何？」

陽子苦笑著鞠了一躬。

「請助我一臂之力——對不起，我一直說一些讓你們失望的話。」

延麒皺著臉笑了起來。

「尚隆希望有更多胎果的君王，妳不必在意他。因為目前只有他一個人。」

「目前只有一個人？」

「目前只有一個人，雖然以前有過好幾位，但數量也不多。」

「延麒也是胎果吧？」

「對，我、尚隆和泰麒，妳是第四個。」

「泰麒是戴國的麒麟？」

「對，戴極國的雛獸。」

「雛獸？」

「那時候還不是成獸。」

「延麒，那你呢？」

「我是成獸。麒麟成為成獸之後，外表就會停止成長。」
「也就是說，延麒比景麒更早成為成獸。」
「就是這麼回事。」
延麒一臉得意地說，陽子覺得很滑稽，延露出了苦笑。
「泰麒那時候還不是成獸？」
「對。」
「所以是過去式？」
陽子問，延麒皺著眉頭，和延互看了一眼。
「——泰麒死了。至少傳聞是這麼說的。目前戴國正處於紛亂中，泰麒和泰王都下落不明。」
陽子嘆了一口氣。
「原來這裡的世界也不平靜。」
「只要有人的地方就會有麻煩事，就這麼簡單——本名叫高里……好像是叫這個名字，年紀應該和妳差不多。」
「是男生？」
「麒是指公麒麟，是一隻漂亮的黑麒麟。」

「黑麒麟？」
「妳有沒有見過麒麟？」
「只見過人形的麒麟。」
「通常是雌黃色的毛，背上有五種顏色，鬣毛為金色。」
「就像你的頭髮一樣？」
「對，但這不是頭髮，是鬣毛。」
原來是這樣。陽子暗想。
「泰麒是黑色的，就像是擦得很亮的鋼的顏色，一身漆黑的毛，背毛是銀色……是有點與眾不同的五色。」
「很罕見嗎？」
「很罕見。歷史上很少有黑麒麟，聽說也有赤麒麟和白麒麟，但我沒見過。」
「是喔……」
「如果泰麒死了，泰王恐怕也凶多吉少，照理說，蓬山上會結出泰果——就是包著戴的麒麟的果實，但問題是並沒有結出果實。」
「泰果？」
「長出麒麟的樹位在蓬山，當麒麟死去後，同時會長出裝了下一隻麒麟的卵果。

如果泰麒死了，新長出來的卵果就是下一個泰麒，如果是母的，就是泰麟。那個卵果冠以國姓，就叫泰果——但是，蓬山上還沒有泰果，也就是說，泰麒應該還活著。」

「麒麟沒有父母嗎？」

「沒有。胎果的話另當別論，所以麒麟沒有姓氏，只有號。」

「景麒也是嗎？」

延麒點了點頭，陽子覺得這是一件很悲哀的事。延麒似乎察覺了陽子的思維，故意露出凝重的表情。

「麒麟是一種可憐的動物，為了君王而生，既沒有父母，也沒有兄弟，甚至沒有姓氏，挑選了君王之後，就被君王差遣，最後還會因為君王而死，甚至連墳墓也沒有。」

延麒瞥了延一眼，他的主人把頭轉到一旁。延麒皺著眉頭，嘆了一口氣。

「沒有墳墓？」

陽子反問，延麒移開了視線，似乎覺得自己說漏了嘴。

「沒有人為麒麟造墓嗎？」

延苦笑著回答：

「並不是沒有墓，麒麟會和君王合葬，只不過沒有屍體。」

「……為什麼？」

難道因為麒麟是神奇的動物，所以不會留下屍體嗎？

「別說了。」

「沒什麼好隱瞞的——麒麟會降服妖魔，聽從自己的使喚。麒麟向妖魔提出交換條件，妖魔答應了交換條件，服從麒麟的支配，但麒麟死後，妖魔可以吃牠的屍體。」

陽子抬眼看著延，然後又看著延麒。延麒聳了聳肩。

「就是這麼回事，聽說麒麟美味可口。反正是死了之後的事，管不了那麼多……如果妳覺得麒麟可憐，就好好珍惜景麒，不要讓他失望。」

陽子無法回答，突然想到一個問題。

「塙王不擔心會讓塙麟失望嗎？」

「不知道。」延苦笑著說：「不知道塙王在想什麼。」

延麒也聳了聳肩。

「一旦干涉他國，必定會失去天命，這點毋庸置疑，但塙王明知道這一點，仍然決定做這種蠢事，可見有十足的理由這麼做。」

「是嗎？」

「人有時候明知道做這種蠢事對自己有害無益，卻還是會犯罪。人很愚蠢，越是痛苦，越會做出蠢事。」

陽子突然有點感慨，然後點了點頭。

「……好可怕。」

「可怕嗎？」

「嗯，我覺得自己恐怕沒辦法做到。」

延微微笑了笑。

「麒麟不會背叛君王，但並不是無論君王說什麼，他們都會欣然接受。千萬不要忘記，自己是愚蠢的人類，於是，妳的半身就會協助妳。」

「……半身？」

「就是妳的麒麟。」

陽子點點頭，然後看了看自己右側的座位。

那裡放了一把劍。

——水禺刀可以看到從古代到未來，千里之外的事。

延之前不是這麼說過嗎？只要能夠支配水禺刀，不是就可以看到塙王在想什麼嗎？

3

每個國家都有兩支軍隊，一支是由州侯帶領，駐紮在各地的州侯師，另一支是由君王親自率領的王師。

騎兵從這裡前往慶國征州的州都維龍要一個月，考慮到景麒的性命安全，一個月的時間讓人太不放心了，於是延王召集了天馬等其他可以在空中飛翔的怪獸，組成了一支一百二十騎的精銳部隊，準備突襲維龍。

延和延麒出門做籌備工作，沒有回來吃午餐和晚餐。

陽子離開無所事事的樂俊，回到了自己的房間，把劍放在桌上，在桌前坐了下來。

陽子是劍的主人。她瞭解這些道理，只是對自己是景王這件事還無法接受。雖然她知道也許無法成功，但正因為還在猶豫，更覺得有必要一試。

她不知道用什麼方法喚出幻影，但覺得如果只是喚出幻影，應該不至於太困難。

陽子來到這裡之前，有很長一段時間，一直在夢中聽到水聲，她把這件事告訴了延，延認為是這把劍產生的幻影。寶劍預知到敵人會去襲擊她，所以向主人陽子發出了警告。

但是，那時候陽子還沒有見到景麒，也還沒有立下誓約，但寶劍仍然知道陽子是主人。

——到底是先有天命，還是先有麒麟選定？

陽子曾經問延這個問題。

陽子是帶著天命降臨世間，還是因為景麒的挑選，才必須背負王位？

延麒說，他也不知道。

「我也完全搞不懂自己為什麼會選擇這個傢伙，只是覺得就是他了。」

延麒說，挑選君王是麒麟的本能。

總之，對陽子來說，和寶劍之間進行溝通應該不至於太困難。

陽子熄了燈火，拔出了劍，看著劍身。

——塙王。

寶劍之前出現的都是關於故國的幻影，陽子覺得那是因為自己一心想要回家的關係。

——我想瞭解塙王的真意。

因為還無法下定決心，所以想瞭解這位愚蠢的君王。

劍身開始發出淡淡的燐光，微弱的影子在燐光中浮現。聽到了水滴的聲音。她目不轉睛地注視著影子，等待影子成形。

她看到了白色牆壁、玻璃窗和窗外的庭院。那個庭院很熟悉。是陽子家的庭院。

——不對，不是這個。

當她用力這麼想時，幻影消失了。陽子看著眼前失去光芒的劍身，知道自己失敗了。

「不可能一次就成功。」

她出聲對自己說完，再度看著劍身。雖然之前不曾在一個晚上多次看到幻影，沒想到劍身很快就再度浮現光芒。

只可惜看到的還是陽子家的庭院，她難掩失望。

她努力讓意識集中在幻影上，心裡想著「不是這個」後，幻影開始晃動，好像水面泛起漣漪。

接著看到了陽子的房間。

——不是。

這次看到了學校。

——不是。

她試了好幾次，看到的都是那裡的世界。家裡、學校，甚至看到了同學家，劍身始終沒有映照出這裡的世界。

簡直就像劍鞘一樣。陽子心想。簡直就像劍鞘的蒼猿一樣難以控制。

她心裡很清楚，這是因為自己無法捨棄對故國的眷戀。正因為知道，所以不願放棄。

她很有耐心地試了一次又一次，終於在幻影中看到了這裡的街道。太好了。她還來不及高興，很快發現是某個城鎮的城門前，很多人倒在地上。通往城門的街道血流成河，倒地的人發出痛苦的呻吟，一個眼神幽暗的少年站在其中。

——不，那是陽子。

「……不要！」

她慌忙隔絕了那些幻影。

那是午寮。陽子在那裡拋下了樂俊。

雖然是自己曾經經歷的事，但她仍然感到愕然。原來自己當時的表情這麼陰鬱。

陽子把劍丟在一旁，她發現自己的反應好像在害怕那把劍，忍不住發出自嘲的笑聲。

——這是事實啊。

如果蒼猿還活著，一定會這麼說。

這是如假包換的事實，自己沒有資格逃避，必須正視。如果不正視愚蠢的自己，就會一直愚蠢下去。

她再度握著劍柄，調整呼吸後看著劍身，看到了午寮的城門前。

幻影中，陽子的眼神真的很陰鬱，一眼就可以發現當時心術不正。當時，陽子用這種眼神看著樂俊。

（不知道該不該回去殺死他……）

午寮城內有人衝了出來，幻影中的陽子慌忙逃離了現場。逃走後的背影晃動，接著出現了山路。陽子定睛看著自己拒絕那對善良母女離去的身影。

她看到了達姊，也看到了海客老人，還看到了那些因護送陽子而送了性命的男人家屬在哭泣，豎耳聽著他們咬牙切齒地說，都是那個海客害他們送了命。

她看到了河西街頭被妖魔攻擊後的午寮慘狀，廣場上躺著無數具屍體；慶國的難民聚集在不知道哪個城鎮的城牆外側。

陽子注視著這些幻影，在注視的同時，領悟到一旦拒絕這些幻影，反而會失去控制，只要帶著接受的心情注視著，就會漸漸出現陽子想要看的幻影。

她看到了王宮，有一個削瘦的女人。

「堯天不需要女人。」

「但是——」

提出異議的是景麒，陽子猜到那個女人就是死去的先王予王。

「違背敕命的就是罪人，懲罰罪人有什麼好猶豫的？」

予王斬釘截鐵地說。她面如槁木，削瘦的臉頰和浮著青筋的脖子都難掩病態，只有雙眼還帶著生氣。陽子似乎看到了她內心的痛苦。她深受折磨，才會如此面黃肌瘦。她飽受痛苦的折磨，明知道很愚蠢，但還是欲罷不能地犯下了罪。

陽子看到了荒廢的慶國。巧國也很貧窮，但慶國比巧國有過之而無不及。她看到了妖魔攻擊里，看到了戰火燒毀盧。農田因為蝗蟲和老鼠肆虐而變成了荒地，氾濫的河川、倒灌的水，把農田變成一片泥濘，上面浮了無數屍體。

——失去君王會讓國家如此荒廢。

曾經多次耳聞的「國家毀滅」，這四個字帶著真實感浮現在腦海。她終於知道為什麼這裡的人頻頻提到這個如果繼續生活在故國，完全不會產生任何真實感的字眼。

接著，她看到了某條山路。

4

山路上有兩個人，一個人像死神般披著暗色的布，另一個人一頭金髮，周圍有幾頭怪獸。

「請原諒我。」

金髮的人說完，捂住了臉，原來是之前曾經在山路上見過的女人。

（她果然是塙麟……）

「妳這句話當然是對吾說的吧。」

像死神般的人拉下了披在頭上的布，出現了一張蒼老的男人臉。雖然他臉上刻滿皺紋，但身材高大，不像是老人，一隻色彩鮮豔的鸚鵡站在他的肩膀上。

「那死丫頭看起來不中用，雖然沒有殺死她很可惜，但既然她闖進山裡，恐怕也活不久了——最大的失算就是沒想到他們已經立了誓約。」

男人淡淡地說，聲音中完全沒有感情。

「沒關係，恐怕不久就會死在山裡，或是在闖進里的時候被抓住，不管怎麼樣，台輔——」

「是。」
「下次不允許妳再失手，為了吾，一定要置她於死地。」
男人口中的「死丫頭」應該就是陽子，所以，這個男人——
（……塙王……）
「話說回來，那死丫頭還真軟弱，看起來不是當君王的料。你特地去了蓬萊，結果只能找到這種主人嗎？」
男人說完，面無表情地轉頭看著一頭野獸。
野獸的外形像鹿，但只有一只角，和獨角獸有一點相像。深金色的鬃毛，全身的毛是沉穩的黃色，背上是像鹿一樣的圖案，微微閃著奇妙的光。
「你真是主運欠佳啊，景台輔。」
（景台輔……所以那是景麒……）
原來這就是麒麟。
眼前應該是從配浪出發的護送途中，在山上看到的風景。所以，陽子誤把塙麟當成了景麒，冗祐看到了已經變成這隻野獸的景麒，才會叫「台輔」。
「既然只是一個死丫頭，別管她不就好了嗎？」
塙麟說。

「已經死了兩個巧國的人，請及時收手吧。」

塙麟流著淚，抬頭看著塙王的表情和之前在山路上看到的表情完全一樣。

「人終有一死。」

她的主人說話時沒有任何感情。

「天帝不會容許這種情況，巧國必定會遭到報應，主上也無法置身事外。」

「吾所做之事必將遭到報應，事到如今，說什麼都沒用了。吾命當絕，巧將淪陷，所以要讓慶一起陪葬，也要景王同歸於盡。」

「你這麼痛恨胎果嗎？」

塙王輕輕笑了笑說：

「吾並不恨他們，只是覺得討厭。在那裡，小孩子是從女人的肚子裡生出來的，妳知道嗎？」

「我知道，那又怎麼樣？」

「妳不覺得很骯髒嗎？」

「不覺得。」

「吾覺得骯髒透了，既然是從女人的肚子裡生出來的，胎果就不屬於這裡，更不應該留在這裡。」

「天帝並不這麼認為，所以才會有胎果的君王。違背天帝的意志才是骯髒的行為。」

塙王忍著笑說：

「妳和吾真是不合。」

「是啊。」

「但吾是妳的主人，妳必須服從吾的命令，一定要殺了那個死丫頭，絕對不能讓她活著離開巧國——對了，要派王師駐紮在和慶的邊境上，那個死丫頭一定想回去慶國。」

「既然是骯髒的死丫頭，不必理會她就好了。既然說她是死丫頭，沒什麼能耐，為什麼非得殺了她、不讓她坐上王位呢？」

「巧國的周圍不需要胎果的君王。」

塙王冷冷地說，塙麟深深地嘆了一口氣。

「……你打算怎麼處置景台輔？」

「把景麒送給舒榮，諸侯看到麒麟，也就無話可說了。」

「即使可以暫時瞞天過海，日後必定會遭懷疑，封了角的景台輔無法變成人形，甚至無法說話，天下哪有這種宰輔？請你趕快收手，天帝絕不會寬恕這種罪過。」

「吾並不奢求天帝寬恕。」

「我對主上的決心感到敬佩，只是你沒把百姓放在心上。」

「巧國的百姓運氣不好，吾死之後，也許可以有下一位賢王接班。以長遠的眼光來看，也算是造福百姓。」

「竟然說這種話……」

塙麟再度捂住了臉。

「吾顯然沒有當君王的能耐。」

塙王淡淡地說。他的聲音毫無感情，或許是因為他已經心如死灰。

「妳和天帝都選錯了君王。」

「沒這回事。」

「就是這麼一回事。吾在位五十年就結束了，雁國五百年，奏國將近六百年，和雁、奏相比，實在太短暫了，但這已是吾的極限。」

「只要你隨時改變心意，必定可以長治久安。」

「台輔，已經來不及了。」

塙麟深深地低下頭。

「吾無力承擔這份重責大任，原本只是一介衛兵的吾，得到這份意外的好運，但吾沒有能耐勝任，所以只撐了區區五十年。」
「請別說只有區區五十年，有很多短命的君王啊。」
「是啊，予王就是一例。不光是予王，慶國經常陷入動亂，比巧國貧窮好幾倍，蠻橫無禮的百姓會覺得和雁、奏相比，巧國一貧如洗，但通情達理的百姓就知道，其實勝過慶國好幾倍。」
「雁國和奏國並不是一開始就是民殷國富的國家。」
「吾知道，吾當初也是這麼想，所以做了力所能及的事，只是在吾進步的同時，延和宗也在進步，於是，每個人都在說，巧國不如雁國和奏國。言下之意，就是吾不如延和宗。」
「絕對沒有這種事。」
「事到如今，吾也不想和延、宗競爭，但慶不一樣，慶國比巧國更貧窮，如果新王登基，建立一個比巧國更富強的國家怎麼辦？只剩下巧國依然貧窮，只有吾被人說是愚王。」
「所以你才會做這些會失去天命的蠢事嗎？」
塙王沒有回答塙麟的問話。
「聽海客說，倭是一個富足的國家，從倭回來的延也把國家治理得很富強。胎果和吾等在這裡出生的人不同，胎果的延可以把國家治理得那麼富強，吾怎麼可能不怕景王？也許胎果知道治國祕方，到時候，只有吾落後於人。」

「這些想法太愚蠢了。」

塙王露出淡淡的苦笑。

「沒錯，真的很愚蠢——事到如今，已經無路可退了。即使現在退讓，也無法改變巧國的命運。巧國會滅，吾會死，既然這樣，就要帶著慶國的胎果陪葬。」

——太荒唐了。

「太愚蠢了。」

陽子忍不住叫了起來，幻影立刻消失。

陽子無力地放下劍。

「……怎麼會有這種荒唐的事。」

因為不甘落後於人，所以比起自己迎頭趕上，不如把周圍的人也拉下水更輕鬆。

這種事很常見，真的很常見，但是！

「一國之君竟然不顧國民的苦難，為了這麼愚蠢的想法，就犯下了不可饒恕的罪嗎？」

他的愚蠢行為傷害了多少無辜的人，導致他們失去性命？一旦巧國滅亡，將會蒙受更大的損失。

——人很愚蠢，越是痛苦，越會做出蠢事。

她想起延麒說的話。

巧國夾在雁國和奏國之間，塙王隨時在和延王、宗王比較。他說自己只治理了區區五十年，但對他來說，一定是極其漫長的歲月。

陽子也可能步上他的後塵。慶國也位在雁國和奏國之間，誰能保證陽子日後不會有和塙王相同的想法。

「……太可怕了。」

陽子嘀咕：

「真的太可怕了。」

5

陽子走到露臺上吹夜風，發現已經有人站在那裡。

「樂俊。」

她叫了一聲，正在看雲海的老鼠轉過頭，微微抬了抬尾巴。

「又睡不著嗎？」

「因為俺在想一些事情。」

「想事情？」

聽到陽子的問題，樂俊用力點頭。

「俺在想，怎麼樣能讓妳改變心意。」

陽子只能苦笑。

她像昨晚一樣，站到樂俊身旁，靠在欄杆上，低頭看著雲海。

「我可以問你一個問題嗎？」

「什麼問題？」

「你為什麼想要讓我當王？」

「不是俺想要讓妳當王，而是妳原本就是一國之君，麒麟已經選中了妳，但妳想要放棄王位，俺才會想要阻止妳。當君王捨棄國家，百姓和君王都會遭遇不幸。」

「也許我當了君王，會更加不幸。」

「不可能。」

「為什麼？」

「因為俺認為妳有能力做到。」

「……我沒有。」

「妳有。」

樂俊簡短地說完後，嘆了一口氣。

「為什麼事到如今，妳為什麼還這麼自卑？」

「因為不光是我一個人的事。」

陽子低頭看著打過來的海浪。

「如果只是我個人的事，我一定會勇於嘗試，因為我可以負起責任。即使失敗，只要賠上自己的性命就好，但是，現在的事情沒這麼簡單。」

「慶國的人想要早日回到自己的家園。」

「對，他們想回到和平、富足的家園，但我不認為我有能力帶給他們這些。」

「延王不是說，既然妳被麒麟選中，每個人都有成為明君的資質嗎？」

「果真如此的話，慶國為什麼會荒廢？為什麼巧國會衰敗？這就代表即使具備了這種資質，要發揮出這種資質也很難。」

「妳不會有問題的。」

「沒有根據的自信就是傲慢。」

樂俊「咻」了一聲，低下了頭。

「我並不是自卑，如果你認為毫無根據的沒有自信就是自卑，我也莫可奈何，但我的沒有自信並不是毫無根據，我在這裡學到很多事，最大的收穫，就是發現自己是一個笨蛋。」

「陽子。」

「我並不是對陷入自卑感到滿足，我真的很愚蠢，我認識到這一點，試圖尋找不愚蠢的自己。樂俊，這是我接下來要走的路。我打算在接下來的日子中慢慢努力，至少希望成為一個比現在更好的人。如果被麒麟選為君王，能夠證明我是一個還不錯的人，或許我可以朝這個目標去努力，但並不是現在，而是以後，至少不是像現在這麼愚蠢的人。」

「是喔。」樂俊嘀咕著，鬆開了欄杆，輕快地在寬敞的露臺上走來走去。

「原來妳在害怕。」

「我很害怕啊。」

「因為將承擔起重大的責任，所以有點畏縮。」

「……沒錯。」

「陽子，趕快去把景麒救回來。」

陽子一回頭，看著樂俊踩著自己的影子。

「妳並不孤單，不然麒麟就失去了作用。天帝為什麼不讓麒麟成為君王？妳說自己很醜陋，既然妳這麼說，應該是事實吧，但既然景麒選擇了妳，就代表景麒需要妳的醜陋和膚淺。」

「怎麼會？」

「你們可以相輔相成，只有妳還不足，只有景麒也不足，所以，天帝必須安排君王和麒麟共同生存。麒麟也是半獸，半獸的陽子和半獸的麒麟加起來不是剛好嗎？我相信延王和延麒也一樣。」

陽子低著頭。

「有些人成為君王，就開始得意忘形，妳想到百姓會感到害怕，具有這種自覺，就代表妳有坐上王位的資格。」

「不是你想的這樣。」

「相信景麒。」

「但是——」

「妳也要更相信自己。如果五年之後，妳有能力成為君王，為什麼不從現在開始呢？現在有必要畏縮嗎？」

「可是……」

「景麒已經選擇了妳這位君王，在這片土地上，目前沒有人比妳更適合當景王。天意就是民意，這代表在這片土地上，妳最能夠為慶國的百姓帶來幸福。妳應該拿出自信，慶國的百姓是屬於妳的，就好像妳也屬於慶國一樣。」

「可是……」

「如果妳想成為更出色的人，就坐上王位，成為一個出色的君王，不就順理成章地成為一個出色的人了嗎？君王的確任重道遠，但有什麼關係呢？承擔起沉重的責任，不是能夠更快成為更好的人嗎？」

「萬一做不到呢？」

「只要想要讓自己更好，就自然可以更好。麒麟和百姓會成為妳的老師，有這麼多老師，怎麼可能繼續笨下去？」

陽子沉默不語，看著雲海很久。

「……一旦變成一國之君，就無法再回去了。」

「妳想要回去嗎？」

「不知道。」

「不知道嗎？」

陽子點了點頭。

「老實說，我並不覺得那裡有那麼好，對這裡也不像以前那麼討厭了。」

「嗯。」

「但是，來這裡之後，我一直只想著要回去。」

「……這俺知道。」

「那裡有我的父母，有我的家和朋友，如果問我，他們是不是絕對的好父母或是好朋友，我可能會答不上來，但這並不光是他們的問題，而是我以前是一個膚淺的人，所以只能建立膚淺的人際關係。如果我現在回去，應該可以比以前做得更好，一切都可以重新開始，在自己出生、長大的世界，創造自己的歸宿。我真的很後悔自己曾經是那麼愚蠢的人，所以希望可以在那裡重來。」

淚水滴落在握著欄杆的手上。

「即使無法重來，即使那個世界已經不屬於我，我仍然很想念那裡。我沒有向父母和朋友道別，如果事先有心理準備，可以和他們告別，也許我現在就不會這麼痛苦，但是，我毫無準備，就丟下了一切。」

「……妳說得對。」

「而且，在今天之前，我一直想要回去，覺得無論如何都要回去，就這樣輕易放棄我一直努力的事，也覺得很難過……」

「嗯。」

「如果現在回去，我一定會後悔，但不回去，也會後悔。無論在這裡或是那裡，我都絕對會想念另一個地方，我兩個都想要，卻只能選擇其中之一。」

一隻溫暖的手摸著她的臉頰，為她擦拭臉上的淚水。

「……樂俊。」

「不要回頭，現在不太方便。」

陽子忍不住笑了起來，淚水也同時流了下來。

「不要笑，沒辦法啊，如果是老鼠的樣子，手不夠長啊。」

「……嗯。」

「陽子，妳聽我說，不知道該怎麼選擇的時候，就選擇自己該做的事。這種時候，無論怎麼選擇，事後必定會後悔，既然同樣會後悔，就選擇後悔比較少一點的。」

「嗯。」

「選擇自己該做的事，就不必為放棄自己該做的事而後悔，所以後悔會比較少一點。」

「嗯……」

樂俊輕拍著陽子臉頰的手掌很溫暖。

「俺很想看看妳會打造出一個怎樣的國家。」

「……嗯，謝謝你……」

6

襲擊維龍的那天，陽子借了一匹名叫吉量的飛馬。吉量是一匹白色條紋的紅鬃馬，金色的眼睛十分漂亮。冗祐知道怎麼駕馭這匹馬。

「陽子，妳可以留在關弓。」

雖然延這麼說，但陽子並沒有點頭。陽子知道有六千大兵守在維龍，多一個人，就多一分力，更何況是為了營救景麒，進一步而言，是為了拯救慶國，陽子當然不能躲在後面。

在統治一個國家五百年的延和延麒面前說「我想要試試」這句話，需要極大的勇氣。陽子對這裡的世界並不是完全瞭解，也不瞭解國家和政治的運作，更知道自己沒有勝任一國之君的能耐。

所以，眼前只能全力以赴地投入自己力所能及的事。既然現在需要打仗，就去衝鋒陷陣，這是眼前唯一能夠做的事，所以當然不能留在玄英宮。

除了陽子以外，還有另一個人也拒絕躲在後方。他就是樂俊。陽子再三要求樂俊留在關弓，但他不願答應。於是，延麒請樂俊幫他的忙，兩個人一起出發了。麒麟怕見血，無法上戰場，所以他帶著樂俊出發前往慶國，去各地說服那些投靠偽王軍的州侯。

一百二十隻飛獸馳騁在雲海上。偽王軍有兩萬多人，其中有五千集結在征州，一百二十騎根本無法對付那麼多兵力。

「但我們的目的只是景麒，一旦把景麒營救出來，就可以爭取時間，如果能夠讓偽王軍開始懷疑自己搏命保護的是偽王，那就更成功了。只要有三個州侯覺醒，形勢就可以立刻逆轉。」

營救景麒只是第一步。

「一百二十騎有勝算嗎？」

陽子問，延笑了笑。

「我召集的這些高手即使無法以一擋千，至少也可以以一擋十，而且，雲海上的守備薄弱，能夠飛天的人有限，況且他們也不知道景王在我們這裡。為了避免風聲走漏，我才特地親自去迎接妳。」

難怪延之前獨自去容昌接她。

「當然，我也很好奇景王到底是怎樣的人——所以，舒榮絕對不會想到雁國會插手，雖然只有一百二十騎，但他們絕對不會想到我們會從天而降——景王，接下來就看妳的了。」

「——看我？」

「如果妳可以用氣勢鎮住偽王軍，事情就更簡單了。因為沒有任何國民願意為偽王而戰。只要知道妳是景王，士兵應該會主動交出景麒。」

「希望如此。」陽子嘆著氣。

「不要猶豫，不要忘記，妳是一國之君。雖然一國之君說起來只是體面的僕人，但不要讓國民察覺到這一點，要表現出自己最了不起的態度。」

「不知道怎樣才能有這種感覺。」陽子再度嘆著氣。「只要有自信就可以做到，但我就是沒自信。」

「這個嘛……」延笑著說：「只要告訴自己，是麒麟選中了我，有意見就去找麒麟說。」

陽子驚訝地看著延。

「這是成為明君的訣竅？」

「應該吧，至少我是靠這一套治理天下。有意見就去找延麒，如果還不服氣，那你來做啊。」

「……原來如此，我會謹記在心。」

陽子親眼看到的慶國，比在劍上看到的幻影更加荒蕪，即使隔著雲海透明的海水，荒廢的國土仍然一覽無遺。如今已是農田結穗的季節，但許多農田都已荒廢，似乎早就放棄了耕作，盧和里都一片死寂，路上完全不見行人。有些地方真的燒毀，只剩下黑漆漆的燒焦痕跡。

原本覺得巧國很貧窮，但慶國的貧窮更加嚴重，看到難民擠在城牆下，不由得感到心如刀割。大家一定很想回家，她深知無家可歸的痛苦。

穿越雲海，看著腳下的地面飛行了半天的時間，陽子他們到達了征州都維龍。維龍也是一座高聳入雲的高山，山頂上的建築物是州侯城，景麒就在其中的某個地方。

當州侯城在遠方出現時，有黑影好像鳥兒起飛般從州侯城飛了過來。那是守城的空行騎兵團。

戰鬥就是殺人。陽子之前沒有殺過人，因為她還沒有勇氣背負他人的死亡，但是，當她要求同行時，已經做好了心理準備。這並不是為了正義而輕忽人命，她會牢記殺死的人和人數，這是自己盡最大的努力能夠做到的事。她用這種方式說服自己。

「妳沒問題吧？」

延問，陽子點點頭。

「不要猶豫。妳好不容易才下定決心，如果在這裡失去妳，也未免太慘了。」

「我不會輕易送命，要我死，可沒這麼容易。」

聽到陽子的回答，延露出訝異的表情，但他的眼睛露出了笑容。

陽子對著迎面衝來的騎兵舉起劍，吉量毫不猶豫地在空中馳騁。陽子衝向從州侯城出發的那群騎兵。

7

——一隻野獸被囚禁在州侯城深處，被重重包圍的那個房間內。

「……麒麟。」

這就是麒麟嗎？

一身雌黃色毛皮的獨角獸，鹿類特有的纖細腳上纏著鐵鍊。麒麟一雙深色的眼睛看著陽子，陽子走過去，牠用微圓的鼻子蹭著陽子的手。

「……景麒？」

陽子叫了一聲，麒麟抬頭直視著陽子，彎下四肢，把身體趴在陽子的腳下。陽子伸出手，牠沒有逃開。陽子撫摸牠金色的鬣毛，牠閉上了眼睛。

——這就是我的半身。

把陽子推入這個命運，在那個世界成為傳說的野獸。

「我找了你很久。」

陽子說，麒麟把下巴靠近陽子的膝蓋，來回摩擦著，好像在對她行禮。

陽子再度摸著牠的鬣毛，腳下傳來清脆的聲音。是綁住野獸的鎖鍊發出了聲響。

「等一下，我馬上放開你。」

陽子起身走近鎖鍊，用劍尖對準鎖鍊後，舉劍砍斷。麒麟站了起來，牠的動作很輕盈，一次又一次地用頭磨蹭陽子的手。正確地說，是用牠的角磨蹭陽子的手。

「……怎麼了？」

陽子探頭看，發現上面有奇怪的圖案。差不多手掌長度的角上寫著紅褐色的字，很像乾掉的血跡。

「這裡怎麼了嗎？」

麒麟仍然用角磨蹭著，陽子對牠焦急的動作感到不對勁。半獸的樂俊也會說話，在這裡，連妖都會說人話，地位最高的靈獸麒麟怎麼可能不會講話？

她想起之前看著寶劍的幻影時，曾經聽到「封了角就無法變成人形，甚至無法說話」這句話。

她輕輕摸著角，麒麟順從地讓她撫摸。她用衣襬用力擦拭，那些字稍微變淡了，但並沒有更多的變化。陽子訝異地仔細看，發現角上刻著細密的文字。

如果是傷，或許可以發揮作用。陽子從懷裡拿出玉珠，輕輕地擦拭，發現文字明顯變淡。當她重複多次，文字變得很淡時，懷裡突然響起一個聲音——

「感激不盡。」

那是她熟悉的聲音。

「景麒？」

麒麟微微瞇著眼睛，抬頭看著陽子。

「正是臣。讓您受苦了，懇請原諒。」

陽子笑了笑，對景麒說話時的傲慢語氣感到很懷念。
「您一個人嗎？」
「延王提供了協助，雁國的王師在外面阻擋偽王軍。」
「原來如此。」
麒麟點了點頭，大聲地叫著：
「驃騎、重朔。」
兩隻怪獸從牆壁內滑了出來。
「在此。」
「快去臂助延王。」
兩隻怪獸深深鞠躬後消失了。
「原來你平安無事。」
「那當然。」
麒麟點了點頭，他說話的態度真的很傲慢，陽子忍不住發笑。
「角被封住的話，也會同時封住使令嗎？」
麒麟有點窘迫地小聲說：
「看來您長了不少知識……沒錯，給您增添困擾，深感抱歉。」

「所幸沒有連冗祐也封住，所以對我並沒有影響。芥瑚和班渠呢？」
「均在此，要召喚牠們嗎？」
「不，只要大家平安就好，等一下有足夠的時間見面。」
「是。」
「啊，對了，有一件事麻煩你。」
「敬請吩咐。」
「先解除對冗祐的命令，但牠還不能離開我。」
麒麟看著陽子，眨了兩、三次眼睛。
「您改變了很多。」
「嗯，我要謝謝你，還要謝謝賓滿，冗祐真的幫了我大忙，我想向牠道謝，也想問牠一些事。」
「想問牠一些事？」
「對，冗祐這兩個字是怎麼寫的？」
麒麟張大了眼睛。
「——您的問題太奇怪了。」
「會嗎？因為不知道字怎麼寫，就好像不知道牠的真名，所以一直很在意。」

陽子話音剛落，突然覺得有什麼東西竄過自己的手。手指微微動著，在半空中寫下了字。

——冗祐。

陽子輕輕笑了笑。

「冗祐，謝謝你。」

——使令侍奉麒麟，進而侍奉君王，不必言謝。

陽子微笑著。麒麟看著她，瞇起了眼睛。

「您真的變了。」

「對，我在這裡學到了很多。」

「恕臣直言，臣沒料到還可以再見到您。」

陽子點了點頭。

「我也是——你不變回人形嗎？」

「恕臣無法在主君面前一絲不掛。」

陽子覺得麒麟悵然的聲音很好笑，忍不住輕輕笑了起來。

「那先回去張羅衣物。在回金波宮之前，可能先要寄居在玄英宮。」

陽子笑著說，麒麟再度眨了眨眼，當場趴在地上。牠動的時候，背部發出奇妙的光澤。

「奉天命恭迎主上。」

牠垂下頭，把角放在陽子的腳上。

「不離君側，不違詔命，矢言忠誠，謹立誓約。」

陽子淡淡地笑了笑。

「——准奏。」

對陽子而言，這一切是故事的開始。

予青六年春，宰輔景麒失道，疾之已甚。堯天大火疫癘不絕。政不節與，苞苴行與，讒夫興與。民憂而歌之，天將亡慶矣。

五月，上赴蓬山，獲准退位。上崩於蓬山，葬於泉陵。景王享國六年，贈謚為予王。

予王崩，舒榮立。偽自號景王，入堯天，國大亂。

七年七月，慶主景王陽子立。

景王陽子，姓中嶋，字赤子，胎果生也。七年三月，自蓬萊國而歸。七月末平亂，雁國延王尚隆，援伐偽王舒榮。

八月，於蓬山承天敕，入神籍，號為景王。於堯天祀予王，新命六官諸侯，撥正朝綱，改元赤樂，赤王朝始。

——《慶史赤書》

解說

北上次郎

我曾經多次介紹小野不由美的「十二國記」系列，沒有什麼新的內容可以補充，但這次由新潮文庫重新出版，或許會有新的讀者接觸這套書，於是，決定再介紹一次這個系列。其實我也沒什麼立場說大話，因為我並不是從這個系列剛出版時就開始閱讀的忠實讀者，當時，已經出版了以下這些作品。

《月之影　影之海》一九九二年六～七月
《風之海　迷宮之岸》一九九三年三～四月
《東之海神　西之滄海》一九九四年六月
《風之萬里　黎明之空》一九九四年八～九月
《圖南之翼》一九九六年二月
《黃昏之岸　曉之天》二〇〇一年四月
《華胥之幽夢》二〇〇一年七月

除此以外，還有番外篇的《魔性之子》（一九九一年九月），之後還有幾篇在雜誌上連載，尚未集結成冊的短篇（至二〇一二年五月為止），而且這個系列故事並未完結，作者還將繼續寫下去。《華胥之幽夢》是短篇集（到二〇一二年五月為止，包括番外篇在內，共出了七部長篇）。我直到第五部的《圖南之翼》，也就是這個系列推出的四年後，才發現這部系列作品，的確是太晚了。我說的第五部只是為了方便介紹，作品本身並沒有標記第一部、第二部。

為什麼在《圖南之翼》出版的一九九六年之前，我竟然不知道這個這麼厲害的系列？因為當初這個系列是針對年輕讀者發行的叢書，也就是以青少年小說，或者說是以輕小說的方式發表。在輕小說市場當然很受好評，獲得了壓倒性的支持，累積銷量超過一百萬冊，所以真的很厲害。但是，不光是我，當時有不少成年讀者並不瞭解這系列作品的趣味。有些作品雖然很受青少年讀者的歡迎，卻不太適合成年讀者閱讀，但這個系列完全沒有這個問題，只因為「那不是輕小說嗎？」的偏見而沒有看，實在是一大損失。對了，搞不好還有「那不是奇幻小說嗎？」的偏見。不瞞各位，我就是如此，我至今仍然不太愛看奇幻小說。

當《圖南之翼》出版時，我終於發現到這個系列的作品，不看則已，一看之後，立刻驚訝不止。大森望和三村美衣在《輕小說酷評！》中寫道：「如果要在所有輕小說系列中選出最佳作品，應該就是《十二國記》。」這個系列是如假包換的傑作，只有輕小說讀者獨享這本書太可惜了。我以前從來沒有看過這樣的小說。

我看了《圖南之翼》後興奮不已，到處打電話給業界的朋友，說希望讓我寫這本書的書評（三十五年來，這是我第一次主動要求寫書評），但幾乎所有平面媒體都介紹過這個系列，最後好不容易在《現代週刊》上寫了書評。以下是當時寫的書評中的一部分，雖然有點長，但希望讀者可以感受到我當時的興奮。

這個系列故事之所以能夠讓向來不喜歡看奇幻小說的我深陷其中，是因為奇幻的設定只是這個故事的外衣而已，在這個狀況設定和巧妙的故事背後，隱藏著一個強大的主題，所以才會越看越激動。這個系列的每一部作品共同擁有的強大主題到底是什麼？

我先說結論，那就是人身為一個人，活著的本分到底是什麼？什麼是信義？什麼是相信他人？各位讀者務必要注意這個有力的主題隱藏在整個系列中，所以，字裡行間散發出深深的感動。

實在寫得太好了，請留意至今為止已出版的四部作品都巧妙地從不同角度加以描寫。第一部是從君王的立場描寫，第二部從麒麟的角度描寫，第三部是建國的故事，第四部是從不同的角度描寫三名少女的坎坷命運，作品富有變化性。然後，終於推出了第五部，就是讓各位讀者等待已久，「十二國記」系列的最新作品《圖南之翼》。出生在恭國的十二歲少女珠晶為紛亂的國情深感痛心，為了自立為王而去昇山見麒麟，沿途歷經了千辛萬苦，作者用巧妙的文字，栩栩如生地描寫少女前往祕境黃海的苦難之旅。

不，太過癮了，作者一如以往對配角的角色刻劃入木三分，尤其是這次主角的少女，更是格外立體，又充滿了說服力，所以在她最後大罵：「大笨蛋！」為止，讀者都覺得自己和少女的命運息息相關。

不知道各位讀者是否能夠體會到我當時的興奮？

這次我原本打算重看《月之影　影之海》後，就開始動手寫解說。因為我只要寫這上下兩集作品的解說，所以並沒有問題。雖然我也會提到系列的整體架構，但我記得大致的故事概要，其實只要引用當時寫的書評就夠了。我原本打了這樣的如意算盤，但看了這個系列的第一卷《月之影　影之海》後，欲罷不能地把所有作品（如前面所說，二〇一二年五月寫此文時，已出版了六部長篇＋一部短篇＋一部番外篇）都一口氣看完了。尤其是《圖南之翼》之前的作品，距離上次閱讀已經相隔了十六年。啊呀，實在太有趣了。雖然我記得大致的情節，但細節都忘了，所以越看越有趣。

《月之影　影之海》是陽子的故事，作者以緩慢的節奏描寫了她被帶往的異界。陽子在摸索，讀者也在摸索。從整個系列的架構來看，這樣的布局太精彩了。雖然突然看到麒麟和人都是來自樹上結的果實有點驚訝，但作者緩緩地、靜靜地描寫了異界的細節，太適合成為整個系列的首部作品。

「十二國記」有十二個國家，有十二個君王，麒麟挑選君王。麒麟平時以人形現身，但並不是人類，而是靈獸，是慈悲為懷的動物。一旦被麒麟挑選為王，君王就會長生不老，所以，有些國家的君王治世五百年，但若君王治國無方，麒麟就會生病，進而死亡，於是，君王也會隨之死亡。麒麟死後，會有新的麒麟誕生，進而選出新的君王，如果銜接不順利，國家就會出現長期無王的狀態，陷入紛亂。作品詳細地介紹了這些情況。

之後的作品描寫一氣呵成。第二部的《風之海　迷宮之岸》是從麒麟的角度，描寫了先王十年前去世後，始終處於無王狀態的戴國的故事。那隻麒麟年紀很小，不小心闖入這個世界，所以有時候會哭著說：「我想回家。」年幼的麒麟令讀者忍不住為之動容，這部作品中，和饕餮的對決場面很震撼。《東之海神　西之滄海》寫的是雁國王（延王／小松尚隆）和延麒．六太的故事，這是一個建國的故事。第四部《風之萬里　黎明之空》是三個國家的三個女人的故事。慶國的陽子雖然成為一國之君，卻尚未掌握治國之道；芳國的祥瓊親眼目睹自己的父母，也就是君王和王后被殺；才國的鈴漂流到這個世界，歷經了苦難。這部作品描寫了這三個人的故事，內容十分精彩。

第五部《圖南之翼》已經介紹過了，不再在此贅述。接下來是讀者經過五年的等待，終於等到的第六部《黃昏之岸　曉之天》。故事從戴國的女將軍請求慶國的協助拉開序幕，戴國到底發生了什麼事，年幼的泰麒怎麼了？故事的發展引入入勝。

以上是至今為止，已出版的各集內容。十二國記系列尚未結束，作者將繼續寫下去，很期待接下來的發展。啊呀，差點忘了提到《魔性之子》，這是以現代日本為舞臺的故事，由教育實習生廣瀨擔任說書人的長篇，描寫班上一位不與其他同學來往的奇怪學生。那個學生名叫高里，小時候曾經失蹤，一年後又突然回來了。這名少年之所以遭到孤立，是因為傳聞欺負他的學生都會受傷，所以大家都說「惹他會遭殃」而對他敬而遠之。《魔性之子》就是描寫廣瀨開始注意這名學生，並和他接觸的經驗，這本小說有驚悚小說的味道，但其實是十二國記系列的番外篇。從書中有一個女人說：「泰麒，我正在找你」，或是突然聽到「你是王的敵人嗎？」就可以知道，這是不慎闖入蓬萊的泰麒的故事。這是從蓬萊的角度寫的長篇。請各位必須留意，這個番外篇是在作者創作本系列之前所寫的，戴國的泰麒在《風之海　迷宮之岸》中相同活躍，但在此之前，作者已經完成了番外篇（戴國將在之後的《黃昏之岸　曉之天》再度登場），讀者一定會驚訝地發現，原來作者一開始就構思了這麼複雜而龐大的故事。

有點意外的是，這個異界的每個地方都有紛亂。這次重讀後發現，每個國家都有紛爭。短篇集《華胥之幽夢》的〈歸山〉中（這個短篇是以柳國為舞臺），有「奏的六百年、雁的五百年都屬破格，西方大國範的氾王治世三百年，僅次於這三國的便是九十年的恭」這段話，也就是說，除了這四個國家以外，其他八國的治世都很短，也就是國情很不穩定，非但不穩定，簡直亂成一團。

這就像我們生活的現代社會，也許正因為這個原因，我們才被在異界努力生存的陽子、珠晶和泰麒深深感動，希望他們繼續努力。我們在希望他們謹守身為一個人生存的本分，相信他人的同時，自己的人生卻一再避開痛苦的事，選擇輕鬆的路、輕鬆的日子。當我們想要放棄，想要偷懶時，會忍不住想起陽子、珠晶和泰麒的身影，覺得也許自己也可以做到——於是內心湧起力量。這個系列的作品充滿了這種力量。

所以，我希望成年的讀者，對生活感到有點疲憊的你能夠看這個系列的書，如果你覺得自己對異界、對奇幻小說不感興趣，更應該拿起來看看，因為可以在這裡找回那些已經被我們遺忘的事。

你會發現這個系列的小說太有趣，會看得入了迷，回過神時，發現自己全身充滿了力量。這部系列作品就是這樣一個故事。

（二〇一二年五月，評論家）

國家圖書館出版品預行編目(CIP)資料

十二國記 ： 月之影.影之海 / 小野不由美作 ；
王蘊潔譯. -- 1版. -- [臺北市] ： 尖端出版 ：
家庭傳媒城邦分公司發行, 2014.08
冊 ； 公分
譯自 ： 月の影影の海
ISBN 978-957-10-5658-6(上冊 ： 平裝). --
ISBN 978-957-10-5659-3(下冊 ： 平裝)

861.57 103011349

奇炫館

十二國記 月之影 影之海（下）
（原名：月の影 影の海（下） 十二国記）

著　者／小野不由美
執 行 長／陳君平
協　理／洪琇菁
文字編輯／陳昭燕
企劃宣傳／陳品萱
內文排版／謝青秀
封面及內頁繪圖／山田章博
榮譽發行人／黃鎮隆
國際版權／黃令歡、梁名儀
美術編輯／陳又荻
譯　者／王蘊潔
文字校對／施亞蒨

出　版／城邦文化事業股份有限公司 尖端出版
台北市中山區民生東路二段一四一號十樓
電話：（〇二）二五〇〇—七六〇〇
傳真：（〇二）二五〇〇—二六八三
E-mail：7novels@mail2.spp.com.tw

發　行／英屬蓋曼群島商家庭傳媒股份有限公司城邦分公司 尖端出版
台北市中山區民生東路二段一四一號十樓
電話：（〇二）二五〇〇—七六〇〇（代表號）
傳真：（〇二）二五〇〇—一九七九

中彰投以北經銷／楨彥有限公司（含宜花東）
電話：（〇二）八九一九—三三六九
傳真：（〇二）八九一四—五五二四

雲嘉經銷／威信圖書有限公司 嘉義公司
電話：（〇五）二三三—三八五二
傳真：（〇五）二三三—三八六三
客服專線：〇八〇〇—〇二八—〇二八

南部經銷／威信圖書有限公司 高雄公司
電話：（〇七）三七三—〇〇七九
傳真：（〇七）三七三—〇〇八七

香港經銷／城邦（香港）出版集團有限公司
香港灣仔駱克道一九三號東超商業中心1樓
電話：（八五二）二五〇八—六二三一
傳真：（八五二）二五七八—九三三七
E-mail：hkcite@biznetvigator.com

新馬經銷／城邦（馬新）出版集團Cite（M）Sdn. Bhd.
E-mail：cite@cite.com.my

法律顧問／王子文律師 元禾法律事務所
台北市羅斯福路三段三十七號十五樓

二〇一四年八月一版一刷
二〇二三年六月一版十刷

■中文版■

郵購注意事項：
1. 填妥劃撥單資料：帳號：50003021戶名：英屬蓋曼群島商家庭傳媒(股)公司城邦分公司。2. 通信欄內註明訂購書名與冊數。3. 劃撥金額低於500元，請加附掛號郵資50元。如劃撥日起 10～14日，仍未收到書時，請洽劃撥組。劃撥專線TEL：(03)312-4212 ・ FAX：(03)322-4621。E-mail：marketing@spp.com.tw